U0500618

国家出版基金项目
NATIONAL PUBLICATION FOUNDATION

北欧
文学译丛

给安妮的明信片

Postkort til Annie

Ida Jessen

[丹麦] 伊达 · 耶森　著

周嘉媛　译

中国国际广播出版社

“北欧文学译丛”

编委会

主　编

石琴娥（中国社会科学院外国文学研究所）

副主编

徐　昕（北京外国语大学欧洲语言文化学院）
张宇清（中国国际广播出版社有限公司）
田利平（中国国际广播出版社有限公司）

编　委
（以姓氏汉语拼音为序）

李　颖（北京外国语大学欧洲语言文化学院芬兰语专业）
王梦达（上海外国语大学德语系瑞典语专业）
王书慧（北京外国语大学欧洲语言文化学院冰岛语专业）
王宇辰（北京外国语大学欧洲语言文化学院丹麦语专业）
余韬洁（北京外国语大学欧洲语言文化学院挪威语专业）
赵　清（北京外国语大学欧洲语言文化学院瑞典语专业）
凭　林（知名学者）
张娟平（中国国际广播出版社有限公司）

绚丽多姿的“北极光”

——为“北欧文学译丛”作的序言

石琴娥

2017年的春天来得特别地早，刚进入3月没有几天，楼下院子里的白玉兰已经怒放，樱花树也已经含苞待放了。就在这样春光明媚、怡人的日子里，我收到中国国际广播出版社文史编辑部主任张娟平女士打来的电话，想让我来主编一套当代北欧五国的文学丛书，拟以长篇小说为主，兼选一些少量有代表性的短篇小说、诗歌等，篇目为50部左右。不久之后，中国国际广播出版社负责人和张娟平主任又郑重其事地来到寒舍，对我说，他们想做一套有规模、有品位的北欧文学丛书，希望能得到我的支持，帮助他们挑选书目、遴选译者，并担任该丛书的主编。

大家知道，随着电子阅读器和智能手机的普及，越来越多的人通过电子设备来阅读书籍。在目前的网络和数码时代，出现了网络文学、有声书和电子书，甚至还出现了人工智能创作的作品，纸质书籍受到极大冲击，出版纸质书籍遇到了很大困难。有的出版社也让我推荐过北欧作品，但大都是一本或两本而已，还有的出版社希望我推荐已经过版权期的作品，以此来节省一些成本。而中国国际广播出版社却希望出版以当代为主的作品，规模又如此之大，而且总编辑又亲临寒舍来说明他们的出版计划和缘由，我被他们的执着精神和认真态度所感动，更被他们追求精神品位的人文热情所感动。我佩服出版社的魄力和勇气。面对他们的热情和宝贵的执着精神，我怎能拒绝，当然应该义不容辞地和他们一起合作，高质量、高品位地出好这套丛书。

大家也许都注意到，在近二三十年世界各国现代化状况的各类排行榜上，无论是幸福指数，还是GDP或者是人均总收入，还是环境保护或者宜居程度，从受教育程度和质量、医疗保障到养老、失业等社会保障，还有从男女平等到无种族歧视，等等，北欧五国莫不居于世界最前列，或者轮流坐庄拿冠夺魁，或是统统包圆儿前三名，可以无须夸张地说，北欧五国在许多方面实际上超过了当今世界霸主美国，而居于当今世界发达国家最前列，成为世界现代化发展中的又一类模式。

大家一般喜欢把世界文学比作一座大花园，各个时期涌现出来的不同流派中的众多作家和作品犹如奇花异葩，争妍斗艳。北欧文学是这座大花园里的一部分，国际文学中，特别是西欧文学中的流派稍迟一些都会在北欧出现。北欧的大自然，由于地理位置、自然环境和气候条件，没有小桥流水般的婀娜多姿，而另有一种胜景情致，那就是挺拔参天、枝叶茂盛的大树，树木草地之间还有斑斓似锦的各色野花和大片鲜灵欲滴的浆果莓类。放眼望去，自有一股气魄粗犷、豪放、狂野、雄壮的美。北欧的文学大花园正如自然界的大花园一样，具有一股阳刚的气概、粗豪的风度。它的美在于刚直挺立、气势崴嵬。它并不以琴瑟和鸣般珠圆玉润和撩拨心弦的柔美乐声取胜，却是以黄钟大吕般雄浑洪亮而高亢激昂的震颤强音见长。前者婉转优雅、流畅明快，后者豪迈恢宏、气壮山河。如果说欧洲其余部分的文学是前者的话，那么北欧文学就是后者。正如鲁迅所说，北欧文学“刚健质朴”，它为欧洲文学大花园平添了苍劲挺拔的气魄。以笔者愚见，这就是北欧五国文学的出众特色，也是它们的长处所在。

文学反映社会现实。它对社会的发展其功虽不是急火猛药，其利却深广莫测。它对社会起着虽非立竿见影却又无处不在的潜移默化作用。那么，北欧各国的当代文学作品中是如何反映北欧当代社会的呢？它对北欧各国的现代化发展是不是起了推动促进作用了呢？也许我们能从这套丛书中看到一些端倪。

北欧五国除了丹麦，都有国土位于北极圈或接近北极圈。北极光是那里特有的景象。尤其到了冬天夜晚，常常能见到北极光在空中闪烁。最常见的是白色，当然有时也能见到五彩缤纷、绚丽多姿的北极光。北欧五国的文学流派众多，题材多样，写作手法奇异多姿，犹如缤纷绚丽的北极光在世界文坛上发光闪烁。

北欧包括 5 个国家：丹麦、芬兰、冰岛、挪威和瑞典。讲起当代的北欧文学，北欧文学史上一般是从丹麦文学评论家和文学史家勃朗兑斯（Georg Brandes，1842—1927）于 1871 年末在丹麦哥本哈根大学所作的《十九世纪文学主流》算起，被称为“现代突破”。从 19 世纪的 1871 年末到目前 21 世纪一二十年代的 150 年的时间里，一大批有才华的作家活跃在北欧文坛上。在群英荟萃之中，出现了几位旷世文豪，如挪威的“现代戏剧之父”亨利克·易卜生，瑞典文学巨匠——小说家、戏剧家斯特林堡和荣获诺贝尔文学奖的第一位女作家、新浪漫主义文学代表塞尔玛·拉格洛夫，丹麦 1944 年诺贝尔文学奖获得者约翰纳斯·威尔海姆·延森，芬兰批判现实主义作家尤哈尼·阿霍以及冰岛 1955 年诺贝尔文学奖获得者哈多尔·拉克斯内斯等。本系列以长篇小说为主，也有少量短篇和戏剧作品。就戏剧而言，在北欧剧作家中，挪威的亨利克·易卜生开创了融悲、喜剧于一体的“正剧”，被誉为“现代戏剧之父”，是莎士比亚去世三百年后最伟大的戏剧家。瑞典的奥古斯特·斯特林堡所开创的现代主义戏剧对世界戏剧产生了重大影响。戏剧是文学的一部分，所以我们在选编时也选了少量的戏剧作品。被选入本系列中的作家，有的是北欧当代文学的开创者，有的是北欧当代文学中各种流派的代表和领军人物，都是北欧当代文学中的重要作家，他们的作品经历了时间考验。

在北欧文坛中，拥有众多有成就有影响的工人作家是其一大特色。有的还获得了诺贝尔文学奖，成为世界级的大文豪。这些工人作家大多自身是农村雇工或工人，有过失业、饥饿或其他痛苦的经历，经过自学成为作家。他们用笔描写自己切身的悲惨遭遇，对地主、资产阶级的剥削和压榨写得既具体细腻又深刻生动。正是他们构成了北欧20世纪以来现实主义文学的主流。在这些工人作家中最突出的有丹麦的马丁·安德逊·尼克索和瑞典的伊瓦尔·洛-约翰松等。对这些在北欧文坛上占有重要地位的工人作家的作品，我们当然是不能忽略的，把他们的代表作选进了这套丛书之中。

除了以上这些久享盛誉的作家，我们也选了新近崛起的、出生于1970和1980年代的作家，如出生于1980年的瑞典作家乔安娜·瑟戴尔和出生于1981年的挪威作家拉斯·彼得·斯维恩等。他们的作品在北欧受到很大欢迎，有的被拍成电影，有的被搬上舞台。这些作品，虽然没有经历过时间的考验，但却真实地反映了目前北欧的现状，值得收进本丛书之中。

从流派来看，我们既选了现实主义作品，也不忽略浪漫主义、超现实主义和意识流的作品，力求使读者对北欧当代文学有个较为全面的印象。从作家本人的情况看，我们既选了大家公认的声誉卓越的作家的作品，也选了个别有争议的作家的作品，如挪威作家克努特·汉姆生，他是现代挪威、北欧和世界文坛上最受争议的文学家。他从流浪打工开始，1920年成为诺贝尔文学奖得主，晚年沦为纳粹主义的应声虫和德国法西斯占领当局的支持者，从受人欢呼的云端跌入遭国人唾骂的泥潭，而他毕竟是现代主义文学和心理派小说的开创者和宗师，在20世纪现代文学中扮演了承上启下的转型角色。我们把他的"心理文学"代表作《神秘》收进本丛书。这部作品突破传统小说的诸多常规要素，着力于通过无目的、无意识的内心独白，以及运用思想流、意识流的手法来揭示个性心理活动，并探索一些更深层次的人生哲理。1978年诺贝尔文学奖得主、美国作家艾萨克·辛格说："在我们这个世纪里，整个现代文学都能够追溯到汉姆生，因为从任何意义上他都是现代文学之父……20世纪所有现代小说均源出汉姆生。"我们把这位有争议的作家的作品选入我们的丛书，一方面是对北欧和世界文学在我国的译介起到补苴罅漏的作用，另一方面也可进一步了解现代文学的来龙去脉，以资参考借鉴。

20世纪60年代中期，瑞典出现了一种新兴的文学——报道文学。相当一批作家到亚非拉国家进行实地调查，写出了一批真实反映这些地区状况的报道文学作品。这批从事报道文学的作家大都是50年代和60年代在瑞典文坛上有建树的人物。如瑞典作家扬·米尔达尔是这种新兴文学——报道文学的代表人物之一，他的《来自中国农村的报告》（1963）成为当时许多国家研究中国问题的必读参考材料，被译成十几种文字多次出版。他的这本书材料详尽、内容真实、记载细腻而风靡一时。还有福尔盖·伊萨克松通过访问和实地采访写出了报道中国20世纪70年代真实状况的作品。这些文字优美、内容详尽的作品为西方读者了解中国起了很好的桥梁作用。他们的作品是在我国改革开放之前来中国写的，今天再来阅读他们当时写的作品，从中也能领略到时代的变化、改革开放的伟大成就。

总之，我们选材的宗旨是：尽量把北欧各国文学史中在各个时期占有重要地位的作家的代表作收进本丛书。本丛书虽有45部之多，是我国至今出版北欧丛书规模最大的一部，但是同150年的时间长河和各时期各流派的代表作家与作品之多比起来，45部作品远不能把所有重要作家的作品全部收入进来。

本丛书中的所有作品，除了极个别，基本都是直接从原文翻译，我们的目的是想让读者能够阅读到原汁原味的当代北欧文学。同英语、俄语、法语等大语种翻译比起来，我们直接从北欧语言翻译到中文的历史不长，译者亦不多，水平不高，经验也不足，译文中一定存在不少毛病和欠缺之处，望读者多多包涵，也请读者给我们提出宝贵的建议和意见，便于我们改进。

本丛书能够付梓问世，首先要感谢中国国际广播出版社执行董事张宇清先生和副总编田利平先生，田总编是在本丛书开始编译两年后参与进本丛书的领导工作的，他亲自召开全体编委会会议，使编委们拓宽思路，向更广泛的方向去取材选题。没有他们坚挺经典文化的执着精神和开拓进取的勇气，这部丛书是不可能跟读者见面的。我还要感谢本书所有的编委，是他们在成书过程中做了大量工作，从选材、物色译者到联系有关国家文化官员和机构，都付出了辛勤的劳动。不仅如此，他们还亲自翻译作品。没有他们的默默奉献和通力合作，这部丛书是难以完成的。在编选过程中，承蒙北欧五国对外文化委员会给予大力帮助和提供宝贵的意见，北欧五国驻华使馆的文化官员们也给予了热情关怀，谨向他们致以衷心的感谢。对编选工作中存在的疏漏和不足，还望读者们不吝指正。

2021 年 10 月

于北京潘家园寓所

石琴娥，1936年生于上海。中国社会科学院外国文学研究所北欧文学专家。曾任中国－北欧文学会副会长。长期在我国驻瑞典和冰岛使馆工作。曾是瑞典斯德哥尔摩大学、丹麦哥本哈根大学和挪威奥斯陆大学访问学者和教授。主编《北欧当代短篇小说》、冰岛《萨迦选集》等，为《中国大百科全书》及多种词典撰写北欧文学、历史、戏剧等词条。著有《北欧文学史》、《欧洲文学史》（北欧五国部分）、“九五”重大项目《20世纪外国文学史》（北欧五国部分）等。主要译著有《埃达》《萨迦》《尼尔斯骑鹅旅行记》《安徒生童话与故事全集》等。曾获瑞典作家基金奖、2001年和2003年国家图书奖提名奖、第五届（2001）和第六届（2003）全国优秀外国文学图书奖一等奖、安徒生国际大奖（2006）。荣获中国翻译家协会资深荣誉证书（2007）、丹麦国旗骑士勋章（2010）、瑞典皇家北极星勋章（2017）、翻译文化终身成就奖（2024）等。

译 序

当代北欧文学因其冷峻深邃的风格而闻名。在这一文学传统中，作家们擅长以感知力极强的笔触和冷静的目光揭示人性的复杂维度，描摹出生活真实的样貌。“真实感”是这些作品的共同点，将自我与他者、孤独与亲密、内心与外部世界的张力呈现在读者眼前。

丹麦文学中的心理现实主义

丹麦的现代文学史，从某种意义上可以说是一部“现实主义不断向内折叠”的历史。早在19世纪中期，丹麦文学便经历了从浪漫主义到现实主义的巨大转向。中国读者最熟悉的汉斯·克里斯蒂安·安徒生（Hans Christian Andersen）虽然以童话闻名于世，但他的故事早已埋下了现实主义的伏笔——底层小人物的命运、残酷的社会现实、冷漠的成人世界，早已嵌入了其童话创作的肌理。而在丹麦现实主义文学的谱系中，心理现实主义则扮演着至关重要的角色，让文学的目光从宏观的历史社会一寸寸下潜，直达人内在的心理景观。它不再满足于讲述“发生了什么”，而是耐心描绘“事件带来的内心震荡”，甚至“没有发生什么”。而从丹麦本土作家的创作来看，从乔治·勃朗兑斯（Georg Brandes）的“现代突破”到亨利克·蓬托皮丹（Henrik Pontoppidan）的现实主义奠基，再到托芙·迪特莱夫森（Tove Ditlevsen）《哥本哈根三部曲》对女性内心的剖析，丹麦心理现实主义作家始终将人视作自身命运的观察者与独白者，同时也将人物与本土的小社区紧密相连。正如本书作者伊达·耶森（Ida Jessen）所说，“小社区是人物性格最好的试验场，在那里，存在被推向边缘，寂静中隐含着永恒。”作家们关心的不仅是个体的心理起伏，更是小社区的运作模式与个体存在感危机的关系。

在这一发展脉络中成长起来的伊达·耶森继承了这种心理现实主义的传统。她擅长以精确性惊人的语言，结合心理现实主义风格的笔法，捕捉人物内心难以言喻的情感波动，具有鲜明的个人化风格。

伊达·耶森的心理现实主义写作

伊达·耶森1964年生于丹麦日德兰半岛南部的格拉姆，在乡村度过了童年与青春期，她的父亲是当地牧师，她的母亲是一位普通的乡村女性。宗教的肃穆、乡村的静默、人与人之间无法回避的注视感、无处遁形的暴露感，潜移默化地渗入了她的语言节奏和叙事策略。这种带有朴素乡土感和精神反思的文学气质，贯穿了她整个创作历程。于她而言，文学的真实并非只来自对外部事件和环境的铺陈，而是通过精准的心理描摹，把人物内心的隐秘戏剧徐徐展开。而乡村或小镇的“小空间”恰恰为这种“精神真实”提供了一个理想的舞台：邻里间的一场例行对话、探望好友的几句闲聊、小酒馆与陌生人对视的一个眼神，这些最寻常的生活细节，被她赋予了极强的心理深度。对话的停顿、语气的转换、身体无意识的一个小动作，都成为心理冲突的外化形式。对这些看似微不足道的日常时刻的精准捕捉，正是耶森风格中最具辨识度的部分。

《给安妮的明信片》（*Postkort til Annie*）一书则再次展现了她在心理现实主义创作领域的个人风格与非凡才华。全书由六个短篇故事组成，每个故事都在情感的波动和细微的心理变化中向前推进，用未尽之言和不确定性构建了一个充满张力的世界，读之我们既会感到悲伤，又为作者的洞察力而振奋。耶森精准的叙事艺术在平静与动荡、形式与本能之间取得了微妙的平衡。

通过六个故事，耶森向读者提出了一个问题：当生活面临崩溃时，你会怎么做？六个故事塑造了一系列复杂而鲜活的女性形象，耶森用她们的行动与选择向读者展示了多种不同的答案。她们在日常生活的爱与恨中挣扎、在孤独与依赖的矛盾中成长、在社会与自我的期待中踌躇，也会在片刻逃离后选择回归，带着无解的难题继续前行。每个人物都在与生活对抗，同时又在以自己的方式构建生活。例如，开篇《一次远行》（*En udflugt*）讲述的是爱由亲密走向疏离的故事，同时也是一个关于心灵觉醒的故事。主人公托芙在婚姻的沟通障碍中隐忍，她经营的事业也并未让她真正感到满足，反而使她身心疲惫，面对生活琐事的束缚，她通过一次“消失”的行动让丈夫重新思考两人的关系。书中同名短篇小说《给安妮的明信片》同样是一个描绘成长与自我觉醒的故事。女学生米娅敏感、善于观察，内心充满对陌生城市和独立生活的好奇和迷茫，直到雪天的一场意外车祸打破了她生活的平静……在真实的生活场景中，耶森细致地展现了人的困境和主动尝试重塑生活的勇气。

值得注意的是，耶森的叙事视角始终保持着某种疏离的亲密感，这是耶森个人风格鲜明的留白艺术。她刻意让叙述者与人物之间保持一层薄雾般的距离，不让人物彻底掌握叙述权，不给情节和情感做完整交代，也保留叙述者的认知局限和视角盲点。这并非简单的模糊处理，而是一种与北欧文学冷峻气质深度呼应的语言哲学——真正的情感，往往悬置于语言之外。

从早期的短篇小说集《石下》（*Under sten*）到后来的长篇代表作《说谎的人》（*Den der lyver*），再到《给安妮的明信片》，耶森不断打磨其“微事件——心理波动——情感留白”的叙述模式。有人说，她的作品与加拿大作家爱丽丝·门罗（Alice Munro）的作品有相似之处，在女性写作领域形成了跨文化的共振。但耶森比门罗更冷峻，她笔下的每个女人都仿佛站在风暴边缘，一面努力维持平衡，一面默默承受失衡的到来。《给安妮的明信片》中，六个故事，六段不同的失衡时刻，构成了一幅布满裂痕与冲突的生活拼图。正是这种与真实世界始终保持拉锯的细腻感知，构成了丹麦文学独特的现实主义写作实践。而伊达·耶森则是这一实践在当代最敏锐、最坚定的塑造者之一。

翻译：一场跨越视角与语言的回望

这本书于我并非偶然之选——《给安妮的明信片》是我来到丹麦研究北欧文学的起点，它是我以丹麦语撰写文本分析的第一部作品。漫长的冬夜与短暂的夏日、独自来到异国求学的兴奋与孤独、命运的奇妙和不可预知，现实的经历和感受与这部作品发生了巧妙的重叠。那时我是这本书的读者，如今是它的译者，重温这本书，也是重温自己作为“文化使者”的初心。

讲到翻译，翻译丹麦语文学作品不仅是语言转换，更是文化的再创造。丹麦语和中文在句法、表达方式和文化隐喻等方面存在显著差异。原作的语言是冷峻而温暖的，精确简练的同时具有情感深度，因此我努力在忠实呈现原作和保障译文可读性之间寻找平衡。其中不少句子，读之令人心惊。例如《十二月是个残忍的月份》（*December er en grusom måned*）中，儿子涉嫌一起谋杀案，却在事发当晚在城外出车祸成了植物人。母亲前来探望，她眼中的他是这样的：

> 她看着他，眉头微皱。莫根斯躺在床上，一动不动，身上缠满了石膏和绷带，还有插着的管子和架子。他的一边脸被绷带包裹着，他注射过大量吗啡，似乎陷入了深度睡眠。时不时地，他的眼睑会颤动一下，眼珠会像一条被水流冲走的死鱼一样滑动。

名词和术语的选择同样考验译者的文化敏感度。书中多处概念难以找到中文的精确对应。例如，《十二月是个残忍的月份》中，几次出现的“普瑟”是丹麦人习以为常的小狗的名字，但中文读者可能会感到困惑；《母与子》（*Mor og søn*）中出现的《教区时报》是常见的地方报纸，但中文读者可能会误认为是宗教刊物……这些文化的“缝隙”，都需要译者用耐心和巧思去弥合。

最后来谈谈阅读。今天的我们读书常常是为了提升自我，总渴望从阅读中获得什么、学到什么。而在接下来的六个故事中，你将很难做到从她们“完成的事情”中获得某种经验，很难从耶森娓娓道来的叙事中提取出一条“英雄出征–胜利归来”的经典戏剧主线。取而代之的，你将看见人在精神的矛盾和困境中做出的真实反应，看见人的生活在失去、沉默与温和的陪伴中如静水流淌，没有“神兵天降”扭转命运的棋局，也不会发生任何奇迹。

因此我想对这本书的读者说，请试着像感受音乐和微风一样去感受书中的每一个故事吧！在快节奏的现代生活中，或许正是那些看似微不足道的细节、那些不起眼的小人物，那些自我与人和事物产生关联的瞬间，才构成了我们生活的真正意义。

翻译是一项永不停止的自我修正。感谢每一位读者对这本书的关注与支持，若发现任何翻译上的问题或不足之处，请提出宝贵的意见。我会努力在今后的翻译工作中做到更好。

2025年1月于奥胡斯

译者简介

周嘉媛，山东济南人，北京外国语大学丹麦语、外交外事管理双学士，丹麦奥胡斯大学北欧语言与文学硕士。有多年口笔译和语言教学经验，现就职于丹麦企业。

目　录

一次远行

托芙穿着外衣站在厨房的餐桌前，写下：

“我去兜风了——”

她把纸揉成一团，改写道：“因为你似乎对鲱鱼不感兴趣——”

她停顿了一会儿，接着写道：“我才不是个该死的家庭主妇。”

她通读了一遍。他能明白吗？她觉得能。她看了看手表，已经六点一刻了，他的车子随时可能驶进回家的车道。她从冰箱里拿出一袋生鲱鱼片，放在字条上面。电话铃响了。她走到客厅去接，但看到是麦克斯打来的，就没再接，电话答录机开始录音。她听到录音里自己尖细的声音，与此同时，她包里的手机也响了起来。

她跑下楼，从棚子里推出自行车。后轮胎瘪了。她一边给自行车打气，一边想着那封信，意识到那封信其实是多余的。她只是想离开，而他会回到一个空空的家，这样他就会好好想想了。她回到房子里，把那张字条扔掉，但她把鲱鱼片留在了桌子上。

再次出门时，她看到了篱笆对面的邻居。他挥了挥手，朝她走来，显然想和她聊天。她高兴地大声喊道：“再见！”然后向他挥了挥手，随即上路。

那是四月三日。这个春天一直很冷，每天的气温都只有四五度，但她意识到现在戴着手套进森林还是太热了。她把手套脱下来塞进口袋，还把毛线帽扯了下来。几个月来她一直忙忙碌碌，几乎没有出过家门，现在她才意识到，外面的世界并没有停滞不前。云杉和松树之间，野苹果树正在发芽，野酸樱桃树也已经开花。一只啄木鸟在深处的树干间敲击，紧接着，另一只啄木鸟在森林的另一端回应，敲出空洞的回声，仿佛它们之间有地下通道相连。被封闭了几个月的蚁穴里，闪闪发光的蚂蚁熙熙攘攘，到处弥漫着森林、泥土和石头的浓烈清香。

她想象那辆蓝色的大卡车随时可能沿着海边的道路开过来，拐过童子军小屋，穿过新建的住宅区，慢慢驶过长长的道路，最后驶入回家的车道。他从车上下来，站在原地心不在焉地朝树林看了一会儿，然后走上前去拉门，发现门是锁着的。接着他会怎么做呢？他可能会开门，进门，不喊人，把外套小心地挂在衣架上，弯下腰解开鞋带，把鞋放在鞋架上，再换上另一双鞋。他会去工作室找她。那里放着今天早上差点儿把她气哭的沙发，现在已经快完工了；架子上排列着成卷的布料；桌子上摆着剪刀、尺子和两台缝纫机；地板上有一个黄色的花瓶，里面插满了树枝。他会去客厅和厨房找她，然后把鲱鱼片扔掉，不带一丝犹豫。看到污渍也许还会发出恼怒的声音，然后他会走进客厅，从包里拿出报纸，坐下来，打开报纸，然后很快入睡。但他不会的。他会先给她打电话。

这个念头刚一闪过，她就从自行车上下来，找出手机关了机，突然意识到自己不记得开机密码了。密码是新设的，写在厨房抽屉里的一张纸上。这让她感到一种奇异的欣喜，一种带着酸涩的欣喜。

她骑车经过私房面包店，店门粉刷一新，还挂上了招牌。店门前的小花园刚刚松过土，每年春天这里都会重新布置一番。花园里摆放着一盆盆玫瑰和鼠尾草，随时准备栽种。一切都准备就绪，迎接即将前来度假的游客。他们很快就会来这里过周末。接下来的几个月，随着天气逐渐转暖，他们会在小镇和海滩上享受夏日，直到真正的夏天到来。这些游客会走进面包店，购买面包师烤坏了的肉桂面包，这些面包只有在热的时候才能下咽，除了无聊的游客，没有人会买这样的面包，但他们绝不会承认自己的无聊。路对面是摄影师的工作室，她也摆出了从印度带回来的帕什米纳披肩广告牌。她家前院的鹿角漆树上，仍挂着圣诞节的彩灯和复活节的长串彩色羽毛，它们从未被取下。去年的泥盆里长满了青草和盛鸟食的旧罐子。此刻，没人能想到一个月后这里的一切将如何美得令人窒息。玫瑰花会蔓延到小路上，几乎遮住那间小房子，使光线无法穿透。炎炎夏日，摄影师会坐在那儿等待顾客。她经过一位老太太，见她在光秃秃的土地上小心翼翼地除草。她又走过一个农场，那里立起了一个新的招牌。以前的自制招牌不见了，取而代之的是一个玻璃招牌：农场商店。

即便是在经济危机的大环境下，这里依然充满了欢乐，或者说是顽强和坚韧。她认识住在这条碎石路旁的大多数人，他们都是这样生活的，他们拥有别人想要的东西，因为他们根本不去考虑经济的不确定性。当然，他们拥有自由，但这自由也把他们束缚在烤箱和黑暗的棚屋中，就像自由把她束缚在作坊中一样。在其他任何一天，如果有时间，她都会去找摄影师、面包师或农场里的克里斯蒂安。他们是她的朋友，与她在同一条船上。但今天，她感到莫名的不安。

*

托芙起初经营窗帘布艺，后来逐渐转向收购旧家具，重新装潢后再出售。刚入行的时候，她曾给一本女性杂志写信，询问是否可以把她的事迹写成一篇文章，结果杂志同意了，做了一篇大篇幅、多图片的报道，讲述了一位女性在海滨小镇找到幸福的故事，而她找到幸福的方式仅仅是相信自己，追求自己想要的东西，做她自己。在采访的过程中，她一直在愉快地聊天，但在阅读这篇文章时，她羞愧得脚趾抓地，因为在文章中，她大胆地讲述了自己的生活，那份热情印成白纸黑字，让她感到恶心。

广告效果确实非常好。有工作室的照片、窗台上她的猫的照片，以及花园房间里三张咖啡桌的照片。这些对她来说似乎很便宜，但客人们开始从全国各地赶来。她坐在作坊里缝制坐垫、普通窗帘和折叠窗帘，打扫卫生，为客人们烤饼干。她没完没了地接电话，回复那些想知道她的店到底能提供什么的人，让他们评估是否值得从赫厄林、森德堡或洛兰-法尔斯特岛远道赶来。她建了一个网站。她花了好几个晚上接待一车车的好姐妹。她们摸遍了店里所有的东西，吃光了所有的饼干，喝光了所有的茶和咖啡，最终买下了两块香皂和一块价值15块钱的边角料。

她把椅子和沙发重新摆回原位。它们对她来说太重了，而且由于她过多弯曲身体，费力地拉紧沙发罩，她经常感觉像被人打了一顿。布料中的阻燃剂使她双手干燥，嘴角生疮，而且久治不愈。她觉得自己真应该买个换气扇，但她什么也没做。她不好好吃饭，只是站在炉灶前，用叉子从锅里捞出一些东西，站着吃完，然后把叉子和锅扔到水槽里，直到她有时间才会清洗。

不过，还好有古董集市。

她经常和拉娜一起去那儿逛，后者在博恩塞开了一家古董店。付完30块钱的入场费后，她们就开始期待了。两个人都有扫描仪一般的眼光，有条不紊地工作着。她们会商定一个预算上限，然后分头行动再会合。她们被自己对美好事物的热爱弄得晕头转向，认为她们买到的东西独一无二，而且还很便宜。

她们都离婚了。托芙没有孩子，拉娜有两个，已经长大离家。拉娜一直都有男朋友，但她都是独来独往，所以托芙也记不住他们是谁。他们一个接一个地从拉娜的生活中溜进溜出，似乎并没有对她造成什么影响。而托芙，只要一接近男人，就会变得不开心。“哦，我也会哭啊，”有一次，托芙问拉娜怎么能这么冷静时，拉娜这样对她说，“但我不想在这上面浪费太多时间。”

有一年春天，她们去参加欧登塞的一场大型古董展销会。拉娜寻找镜子和瓷器，而托芙则想买60年代的经典家具。因为没有坐垫，这些家具卖得很便宜，而她和一个马具匠是朋友，能用她的缝纫手艺换来坐垫和座椅。然而在一个摊位前，托芙停了下来，桌子上的一个黄色落地花瓶吸引了她。是花瓶的颜色让她驻足的。她从小就对这种黄色情有独钟，这种偏爱甚至成了一种负担，一种私密的情感。即使成年以后，她也很少穿黄色的衣服，害怕过度沉溺于这种颜色，就像她不常去看医生一样，害怕自己会被对疾病的臆想困扰。有一回，她和拉娜谈起这件事，拉娜笑着说："哦，我也常得癌症。你的脑瘤在哪儿呢？我的长在这儿。"说着，她指了指自己左边的太阳穴。

托芙不知道这种黄色叫什么名字。它既不明亮，也不浑浊。一条细细的棕色花纹顺着花瓶蜿蜒而下，在棕色轮廓的映衬下，她发现了三个深蓝色的斑点，像是放大的蓝莓。这一发现几乎让她呼吸一滞。

摊位上没有人。她向前走了一步，看到了价签：7000丹麦克朗。

她心想，这东西太贵了，买来做什么呢？她永远也转不出手，而且她也不想做陶瓷生意。但她至少可以让拉娜也来看看这个花瓶。于是，她从包里拿出手机。

"真便宜啊。"一个声音在她耳边响起。

她转过身，看到她的斜后方站着一个男人。他往后退了半步，微笑着看着她。她迅速地上下打量他：漂亮的鞋子、帆布外套、好看的嘴和一双直勾勾的眼睛。她把手机放回了包里。

"如果你想要，我愿意帮你买下它。"他说。她脑海里思绪纷飞。她昨天刚做了一个沙发，虽然还没提走，但客户欠了她3000块钱，加上有一笔退税的钱她还没动。

"你想付多少钱？"他问。

"太贵了。"她回答。

"你知道这个花瓶的来历吗？"

"我什么都不知道。"她说着，他笑了。

"你看到那些线条了吗？"他问，"它们是用牛角画的。

用牛角作画是上世纪初的绘画技术，铀黄色也是那个时期的经典用色。”

铀黄色。

“它很重，但如果把它抬起来，”他说，“你就能看到底部的签名。它没有任何缺口和伤痕。”

她开始怀疑：“你是卖家吗？”

他微笑着摇了摇头。

“那你以前在这儿见过这个花瓶吗？”

依旧是那个微笑。

“可你不想自己买吗？”

“不想，因为你想买。”

她大为震撼。在一弹指的时间里，她的生活轨迹开始激变，拐向了一条一年前、一个月前、一星期前、一小时前，乃至一分钟前都从未料想过的路。她就站在那里，任由他细细打量，她偶尔注视低处，而每当她抬起头，他的目光总会落在她身上，眼含笑意，仿佛在向她展示心中的愿景。

不一会儿，售货员出来了。他擦了擦嘴，抱歉地说他刚吃完午饭，然后开始兴致勃勃地解释花瓶的来历，仿佛是在进行一场答辩。但穿帆布大衣的男人打断了他。“你能给到的最低价是多少？”他直接问道。

“5000丹麦克朗。”售货员眯着眼睛说。

“成交。”男人果断地说。

托芙须得离开一会儿，因为她把现金藏在了腰间自制的皮带里，都是她逃税攒下的钱。她站在屏风后面，从腰带里掏出纸币，再回到那两个用木丝和报纸给花瓶装箱的人身边。她付了钱，穿帆布大衣的男人承诺会帮她把箱子搬到车上。

“碰上这么个贩子真不错，”他在路上说，“他对陶瓷一窍不通，而且他也没什么好东西。你不会再转卖它了吧？”

“不会了。”

“那就好。”

她再次感到意外。

“你的车呢？”

她打开车门，他把盒子放在她早上没来得及拿出来的布料中间，而后开始在钱包里翻找。

“给，”他说，“这是我的名片，你要是对其他陶器和陶瓷有疑问，可以联系我。”

“我也得给你我的名片。”她说。

他对着她的名片研究了一会儿，说：“谢谢。”

就这样，他转身离去，穿过停车场，消失在她的视线中。她简直不敢相信。就在片刻之前，她还觉得自己是世界上最迷人的女人，最被渴望的女人，甚至是最被爱的女人。可现在呢？不存在了。

“他爱死你了。”拉娜说。

“你怎么知道？”

“你漂亮，有才华，你闪闪发光。他当然爱你了。”

“那他为什么要离开？”

“这只是他求爱的手段。你可别乱想。”

“这种手段对我没用。我更喜欢被人追。”

“会有用的，你等着瞧吧。”

这一回，托芙不相信拉娜。她既不想再提起这件事了，但又做不到让它过去。她告诉拉娜，花瓶上的装饰是用牛角画的。她们一起画了一个明亮的大厅，画中的女孩头戴花帽，这样头发就不会妨碍她们工作。她们坐在那里，伸出双手，手里拿着牛角，用牛角尖在花瓶、奶油壶和盘子碗碟上作画。

两天后的傍晚，她回家时发现家门口停着一辆出租汽车，车里放了一把扶手椅。只一眼，她就认出了那是谁。她绕过柴房时，他从长椅上站起身，一只手插在上衣口袋里，脚上穿着那双漂亮的鞋子。是他。欢呼声在她耳边响起，如此强烈，势不可当。他来了。

她问他是否等了很久，他说没有。后来她才知道，他在她的花园里等了近两个小时。

他们不能住到一起。他有他在丹佛斯的工作，她也有她的生意。偶尔，他们会提出，要是她在南日德兰半岛找到合适的地方，就可以把公司搬到那里去，但他们都认为这事不急。他们会一直相伴，计划白头偕老。

他们在四月的一天举行了婚礼，那天城市上空浓雾弥漫，出门时鸽子挤满了楼梯。拉娜和麦克斯最好的朋友是他们仅有的证婚人，一切都如他们所愿。

于是，他们成了周末夫妻。通常是他去她家，因为那是个好地方，而且她比他晚下班，倘若有约，周末还得开店营业。他不是那种会添麻烦的客人。恰恰相反，当她为一项室内装潢工作奋斗到深夜，或者因为一车客人的到来而不得不取消郊游时，他从不抱怨，只说："我明白，你得做好本职工作。"在深夜工作的间隙，她看向他时，他会端着一杯茶坐在沙发上，看着电视节目哈哈大笑。他腿上的电脑屏幕亮着，旁边还会放一本书。而有时，他会皱着眉头翻阅她的烹饪书，鼻梁上的眼镜半垂。他热爱陶瓷和烹饪，也许其实，他对她的爱也是如此细腻而心无旁骛。他的想法是，他不想要最好的，只想要次好的。她不明白他的意思。他解释说，最好的是别人都抢破头想要得到的，次好的没那么贵，比别人抢着要的更有价值。“那我呢？”她问。“我也是次好的吗？”他笑了笑，说：“不是，选妻子就不一样了。”

他研究网站、目录和书籍，从未让自己不知所措。他们一起去购物时，与她不同，他从不买任何计划外的东西。他在笔记本上列了一长串愿望、优先事项和价目，然后就等着东西出现。他花了数月数年的时间去锁定的东西突然在眼前出现时，托芙也会激动到颤抖，可即便如此，他还是可能会因为觉得太贵或有小瑕疵而不去购买。对此她难掩不悦，因为对待他的事，她比他本人还要认真。有时她提前好几个月就听到了某样东西的消息，觉得高潮就要来临，他却只是冷淡地走过去，像失了灵，仿佛清楚这样做能让她更失望。

她喜欢购物，乐此不疲地把买错的东西毫不留情地扔掉，准备下次有机会时再出去做同样的蠢事。她试图让他明白，开心才是最重要的，那种开心到忘乎所以的感觉。他告诉她，这种买完就扔的行为很没品位，他希望她能吸取教训。她自信地说，他不该这么肯定。

他做饭时也是一样。整整一周都在琢磨周末的菜单，还在电话里与她讨论。他去过无数家特产店，想让她和他一起去，但她会不耐烦。她询问特卖店的奶酪是不是还不如城对面的奶酪店里的好，然后他们就争吵起来。他很伤心，她的品质意识是如此之差，导致他们没法一起购物，但她却认为这是件好事。

结婚那天，她和拉娜在洗手间里梳头，准备即将开始的婚礼。后者对她说："我感觉不到你了。"事后，托芙不记得她回复了什么，也不记得她是否给过回应。可几小时后，她在去罗马度蜜月的飞机上想起了这句话，她哭了，哭得很伤心，她害怕自己会开始疏远拉娜，因为她没有其他办法保护自己。麦克斯握住她的手，没有问她怎么了，她想他不需要知道，但还是告诉了他。

"嗯。"他说着，用拇指轻抚她的手背。他没做别的，但她还是感到了安慰，因为他仿佛是在告诉她，伟大的爱情并非来自那些我们熟知的事物，而是来自那些改变我们、使我们两人变得与周遭世界不同的事物。而且从现在起，它们还会变成那些需要我们来守护，以对抗这个未知世界的事物。我们要改变习惯、改变观点。我们需要些许克制，需要不那么响亮的笑声，因为忽然之间，它已经显得不真实。

*

小路在她面前延伸，草地几乎雪白一片。灌木丛里长着密密麻麻的黄色地衣、掉光了花瓣的玫瑰花和来自去年、干瘪枯黑的玫瑰果。水面风平浪静，远处有鸬鹚和野鸭，礁石旁还有一群她叫不上名字的小鸟。它们像是睡着了，只有零星的叫声和咔咔声从远处传来。她停好自行车。沙滩上长满了海草，这些海草一整个冬天都在这里，目前还没有什么味道，但一旦天气热起来，就会臭得满城都是这种味道。那些住在港口昂贵房子里的居民受影响最大。住在北边的她则很少闻到臭味。市政当局曾用卡车清除海藻，满足那些有钱人和讲究人的需求，但经济危机到来后，最先被削减的就是这项服务。当然，这么做致使市政当局收到了大量读者来信和投诉。可后来，一场风向正确的暴风雨在一夜之间就卷走了那块一公里长、散发着恶臭的厚地毯。

她快步走过几座富饶的农场。那里只有夏天才有人居住。到了冬天，海水会涨到花园的边缘，在退潮时带走大片路上的泥土。再往南八到十公里，土地就会与水面几乎持平，那里的度假屋年复一年处于待售状态。人们都知道这些房子卖不掉，因为它们迟早会被海水吞噬。水面闪闪发光，水位大多数时候都很高，只露出草坪上的几片草叶，这让她深感担忧。然而她也明白，在上一个冰河时期，海水曾经淹没过这片土地。她在花园里挖土时曾发现沙土深处的海藻残骸。在遥远而开阔的海面上，渔民的渔网里偶尔会出现来自古时候森林的树根。让她感到慰藉的是，一切都会随着时间的推移而逆转，桑田会化为沧海，沧海会变为桑田，即使两百年后一切都毁灭，一万年后也很有可能再度复活。

海水浴场出现了，还有更衣室和小桥。所有一切存在都不过一年，木材依旧橙黄，远远看去还在发光。沙滩上是崭新的长凳，这里曾经满是游客，他们带着烧烤架和肉，大包小提地从远处前来此地小坐。而现在这里空无一人。事实上，她在整个旅途中都没有见到一个活人。她看了看表，已经快七点了。她走到桥的尽头，水面相当清澈。

如果拉娜也在，她们一定会脱光衣服跳进水里，然后大笑着回想这件事。而现在，即便她这么做了，也只是为了能在事后把这段经历讲出来，出于炫耀的目的：我四月三日去游泳了，水温还不到八度。

这种想法让她感到恶心。

*

她和麦克斯搬到了一起住，他们无论怎样都离不开对方。他租了一套一居室的公寓，还买下了她房子一半的产权，开始在办公室和她家之间通勤。他每天一大早开车上班，十二小时后才回到家。

起初，他们刚开始互相了解的时候，她会站在一旁看他搅拌蛋黄酱、掰开牡蛎，每次他让她帮忙，她都说："我正削土豆皮呢！"最后，他要她振作起来，说她太无聊了。在没有任何具体指导的情况下，她学会了做饭、煎牛排、调制酱汁，还学会了烹饪美味可口的蔬菜。他的训斥使她学会了做饭。如今她的每一天都从计划菜单和购物开始，因为她还不够娴熟，尚不能轻松变出一些新奇的菜肴。但他经常会对她说："你真是个天使！"

"天使"，这个略显老套的说辞打动了她的心，给她安全感，让她兴奋。她认为，其中蕴含的优雅比任何其他行为都更能体现他的敏感细腻，比如，她烹饪出他喜欢的菜肴时他的喜悦。也可能是他的不满——如果她做了他不喜欢的菜。有那么一段时间，他疲惫地回到家，看到她脸色苍白地靠在家具上，会用一种充满蔑视的眼神看着她，让她的泪水浸满眼眶。真奇怪，正因为和讨厌流泪的麦克斯生活在一起，她才变成了一个爱哭鬼。在此之前，她不记得自己哭过。但现在，他的一句话或一个眼神就足以让她泪流满面，仿佛眼泪准备好了随时夺眶而出。因为他的眼神中透出一种胜利的喜悦，仿佛他，还有她，都知道他一回家就能看到这样一幕：她脏兮兮、衣衫不整、忙着做她实际上应付不了的工作。而且是她欠了他的，因为他忍受了她的不堪。

忽然之间，一切都变了。她的自负显得极其幼稚，不再迷人。像他这样的男人不会尊重她的工作，因为她从未真正掌握做家具的手艺。确实有顾客投诉过。有一个沙发套的缝线脱落了，还有一个沙发套，因为她太想节省布料，才过了一个月就开裂了。南日德兰的一座小庄园里，她亲手缝制并悬挂的窗帘也出了问题，女主人要求全部免费重做。

他们曾经如此幸福，没有准备好面对愤怒和不信任。一种羞耻感在她心中蔓延，也许他也是如此。

从一个人蔓延到另一个人。

受到攻击的领域越多，你就越能意识到失衡和变化。你需要保持静止与沉默，不能像1628年瓦萨号船长那样，船还在船坞里，就下令让三十个人从一根桅杆跑到另一根桅杆，你必须让他们停下，否则船就会倾覆。

就连干扰和分心也是不能容忍的。

深秋，一个星期四的傍晚，托芙在站台上等人。当时气温只有零上三度，愤怒而潮湿的风从火车站的顶棚钻进来。为了暖和一点儿，她来回走动。火车晚点了。她想着烤箱里的烤羊排，想着布置好的餐桌，想着麦克斯此时走进了玄关，而她却不在家。她想着自己留下的字条。寒气从靴底渗了上来。她跺着脚，沿着一列停驻的火车走来走去，车厢明亮，里面空荡荡的。空火车开始驶出站台时，进站的信号灯也变绿了。她等的火车终于来了。车门打开的那一瞬，她把不安抛到脑后，扫视着从车里走出来的人群。有个身影格外引人注目。是拉娜，她穿着一件合身的皮草大衣，头上戴着一顶皮草帽。托芙张开双臂，拉娜则径直走进了她的怀抱。一股舒畅的暖流涌上她的心头。“嗨。”拉娜低声说道。她们紧紧相拥，然后突然分开。

“你瘦了，”托芙说，“小心别瘦过头了。”

红色的晚霞覆盖过城市的灯光，她们驱车穿过街道，来到郊外。“我今天就到了，麦克斯没说什么吧？”拉娜问，“啊，他应该没什么意见。”

“他什么也没说。”托芙答道。

“你专心工作就好，我出门去逛街。”

“不打扰的，拉娜。”

她们停好车，拉娜兴奋的嗓音响彻花园，托芙的不安又回来了，因为她没告诉麦克斯拉娜会来的事，她只在厨房的桌子上留了一张字条。这让拉娜看上去像是不请自来，从某种角度来说这么做没错，但换个角度来看，她确实错了。

“他在这儿呢！”拉娜一边叫，一边敲响窗玻璃。“嗨，麦克斯！麦克斯——”托芙放声大笑，把站在水池边洗菜的麦克斯也逗乐了。她们轰隆隆地走了进来。托芙通常不会大吼大叫。

“麦克斯！”拉娜喊着，从包里掏出一瓶红酒，搂住麦克斯。她的包掉在地上，露出了一个长长的东西。“看我给你带了什么。我记得你说过你喜欢这个。”

拉娜伸出胳膊抱住他，把他扶起来。“你看起来好意外。你都不知道我要来吗？托芙没和你说吗？托芙，你没告诉麦克斯我要来吗？”

“我去车站接拉娜了，”托芙急忙说，“她今天休假，所以能来。哦，闻着真香，我们饿坏了。谢谢你做了饭菜，还点了蜡烛，亲爱的麦克斯。”她能听到自己的声音，轻快、焦虑，还有点冒犯。焦虑和鲁莽混在一起，这不是她。

“来，拉娜，把外套给我。”

“不用了，我自己能挂。”拉娜说着，把大衣放在麦克斯的椅子上，弯腰从包里把那个长长的东西拿出来。那是一盏形状像鹅的灯。“行吧，绑带又掉了，”她说，“但它得挂上去，得挂上去。它在店里看起来可漂亮啦！”她把灯举到麦克斯面前。“你觉得怎么样，麦克斯？它能成为你的新灵感吗？”

“它好极了！”

“对，因为托芙说你偶尔可以给它擦擦灰。”

“是托芙说的吗？”麦克斯问道。

拉娜的目光在三人之间游移，这种直勾勾的眼神让托芙将视线移开。

“我这是又成功犯蠢了吗？”拉娜问道，“对不住了。要是你们烦我，直说就行，马上就说。”

“我们不会烦你的，拉娜。”托芙安慰道。麦克斯觉得她需要喝杯酒。他们都需要喝一杯来舒缓情绪。

“哦，麦克斯，”他们坐在餐桌旁时，拉娜说道，“每天能一回家就吃到热腾腾的饭菜，餐桌也布置得漂漂亮亮，这不是很好吗？”

麦克斯低声咕哝了几句。拉娜试图和他谈论陶器，这是一个他们有共同语言的话题，但有了鹅灯这个插曲，他显然没了聊天的心情。“工作怎么样，麦克斯？”拉娜继续问道。她的声音显得过于响亮，带着几分讨好的意味。麦克斯对这种尖锐的声音非常敏感，这让托芙感到不安。拉娜怎么了？她一直都这么孩子气、这么吵吗？难道只是因为她们整个秋天都没在一起，她才突然看出来吗？“你到底是做什么的？对，我知道你在哪儿工作，但你具体是做什么的？我老是记不清。每次你解释过，我都能明白，但很快就又忘了。看来你得给我上一课了。”

拉娜表面是在调侃，但麦克斯知道她是认真的。他也可以开玩笑应付，但由于心烦意乱，他详尽地介绍了他的工作。什么他坐办公室处理各种任务，什么合作伙伴、影响因素还有观点。很快，拉娜的目光开始变得茫然。她显然在努力集中注意力。麦克斯则继续讲述他组织的一次重要座谈会。“这太专业了，麦克斯，”她笑着叹了口气，“咱们明天再聊吧。”

托芙问他们要不要再开一瓶酒。麦克斯表示自己已经喝得够多了，还暗示其他人也应满足了。然而，托芙还是又拿了一瓶，她显得有些不耐烦。

“谢谢你做了饭菜，”麦克斯说道，“我还有些事情要处理。”

“好吧，你去做吧。”拉娜说，托芙知道这句话可能不太妥当。

卧室里一片漆黑。寂静中，她听得出来他已经醒了。他背对着她躺着。她俯身轻嗅他的头发，低声说道：“晚安。”他却猛地转过身，把她拉入怀里。她依偎在他的怀抱中，嘴唇紧贴着他温暖的脖颈。她能感受到他身体的温度，从嘴唇到脚趾。

“对不起，我在餐桌上发脾气了。”他轻声说。

“没关系，我几乎没注意到。拉娜当然也不会察觉。”

“她居然和我聊裙子，真是可笑。”

“哪里可笑？”

“别我一开口，你就和我抬杠。”

“我没和你抬杠。我只是问问。”

“别一开口就那么固执。我来告诉你哪儿可笑吧。你的朋友不懂事，她很肤浅，是个口无遮拦的人。”她稍稍远离他，与此同时，他用手臂紧紧环住她的脖子，“她一点儿也不尊重别人，一进咱们家门，就好像她才是这个家的女主人。送咱们一盏那么奇怪的鹅灯！咱们还得谢谢她。”

“也许是这个礼物的运气不好。”

“运气不好？”

“我不知道她今晚怎么了。”

“她和以前没什么不同。”

“她一如既往地幼稚，而你又轻信她。托芙啊，这可太不体面了。”

“对不起。”她轻声说。

“你背着我和她说我的事，还没有问我就邀请了她。”

“对不起，麦克斯。”

一片静默里，她紧贴他的身体，嘴唇吻住他的脖颈。她知道，此刻的他正睁着眼睛躺在床上，回想着餐桌上发生的一切。突然，他开始用手用力地击打床垫。

“她可能只是花了20块钱在一个便宜的商店里买了那盏灯，然后觉得：‘哎哟，这灯可真有意思。’这就是她一贯的品位。她一点儿也不关心别人，只陶醉在自我的世界里。她就是这样一个会污染周围环境的人，是的，她一直都是这样。”

托芙猛地挣脱他的怀抱，躺到自己的枕头上。

“一想到你和她一起拖回家的那堆破烂，我就觉得恶心。”他说。

她没有开灯，从床头柜的抽屉里摸出耳塞，塞进耳朵里。麦克斯似乎并没有注意到她的动作。她闭上眼睛，想着第二天计划带拉娜去的地方。那是一个顾客推荐的地方，二十公里外的一座废弃农舍，里面堆满了家具和布料。就在这时，她突然感到麦克斯正凑过来，把手搭在她的肩膀上。她立刻从床上跳了起来。

“我听不见你在说什么，”她说，“我戴了耳塞。”说完，她飞快地跑出了房间。

穿过黑暗幽长的走廊，她一路走到拉娜的房间，她的门缝里透出微弱的光。她轻轻敲了敲门，拉娜的声音传出来：“请进。”

拉娜戴着眼镜，背后垫了两个枕头，正坐在床上看杂志。

“我就是过来看看你怎么样了。”托芙解释道。拉娜把杂志和老花镜放到地上，托芙上床，盖上了被子。

“这儿好冷啊。”托芙低声说道，“你冷吗？”

“现在不冷了。”

她们躺着，将被子盖到下巴。“哦，这样好舒服啊。”拉娜说，不再高声。她探究地看着托芙的眼睛，两人彼此对望，相视而笑。托芙看到拉娜的脸贴在枕头上，脸颊微微嘟起，这种感觉是那么幸福和熟悉。床头柜上放着玻璃杯、耳塞、润唇膏和纸巾，扶手椅上放着叠好的衣物。这间客房无人注意的窗户上，一只大鸟留下了一条长长的鸟屎印，印记前端是棕色的，后面拖出一条白色的尾巴。窗户成了这样，因为拉娜把窗户虚掩着，还在缝隙里塞了一条发带。

“我一直都想和麦克斯好好相处，但我发现他很难沟通，”拉娜先是笑着，但随即又变得严肃起来，问道，“你觉得是他发现了什么吗？”

“他没有。”托芙坚定地回应。房间陷入了一片寂静，她们躺在床上，注视着彼此。

“也许之后会有些变化。”拉娜轻声说。

托芙关上身后的门，喝了一口水，然后上了床。

“你得知道……”麦克斯开口说。

“闭嘴。”她打断了他。

“别打断我。”

她把一只手放在他的胳膊上。

“拉娜得了卵巢癌。”

沉默再次笼罩了房间。

“她是个坚强的女孩，她一定能挺过来。”麦克斯说。

“医院甚至不打算动手术。已经到晚期了。”

“别担心。”

她开始敲打枕头。“好难。”她说。

“她还能活多久？”

“至少能到明天。”

“那你们得一起做点什么。去布兰特博物馆、彩虹博物馆，或者去塔普霍尔特博物馆看看吧。”

“我觉得她没那个力气，麦克斯。”

“别再敲枕头了。”

“我觉得她只是想待在这儿，想和咱们说说话，可能还想去散散步，看看我的布料。”

他拉住她的手，让她躺下。

“你太容易受影响了，托芙。我不希望她把这些情绪传染给你。”

片刻后，她轻声问：“想和我做爱吗？”

“不想。”麦克斯回答。

*

她缓缓地沿着码头往回走，不想马上回家，现在还不到七点一刻。海面如同天空之镜，却比天空更加明亮。海鸥从她身后划过，发出尖锐的叫声，参差不齐，像内脏一样新鲜。

她想去港口的酒馆，于是去取自行车。

酒馆里，她找到了一张靠窗的空桌。她并非这里唯一的客人，来自德国的水手已经在码头上停泊，酒馆的很多桌子旁都坐满了人。带她入座的是一位年轻的女服务生。托芙点了炸鲱鱼配煮土豆和酱汁。她突然想起那些总是随身带着书，用来打发闲暇时间的单身女人，无论她们是否意识到，她们都对外界透露出自己的孤独和寂寞；而有了书，这种孤独寂寞就更加清晰。她靠在窗边，透出一丝感兴趣的神情。几辆汽车驶过街道，她的余光捕捉到一个身影，正在走近她的桌子。

“你一个人，我也是一个人，”一个声音说道，“我觉得我们可以一起。”

她转过身，看到桌子后面站着一个身材瘦高、头发花白的男人。他穿着牛仔裤、衬衫和夹克，说话很快，对她皱起眉头。他的话不是一个问题，看向她的眼神中却带着些许不确定。

“行吧？”她试探着答道。男人把他的啤酒杯放在了桌布上。

“我叫迈克。”他伸出修长的手。她握了握。他拉开椅子坐了下来。

“你点了什么？”他问。

“鲱鱼。”她回答，带着一丝惊讶的笑容。这个男人长得很英俊，他的眼睛是湛蓝色的，尽管现在才四月初，但他的皮肤已经晒得黝黑，好像他一年四季都在户外活动。有什么理由拒绝他呢？她心里想着，麦克斯若能看到她现在的状态，定会有所收获。显而易见，她是那种能让男人注意到并且愿意和她坐在一起的女人。

“这儿的鲱鱼还不错，”迈克说，“煎得很硬，鲱鱼就该这么做。”

“对。”托芙回应道，“确实。”

他说的是事实。这家海港酒馆做的鲱鱼和她今天下午梦见的一模一样。那时她一时疏忽，想给麦克斯做鲱鱼当晚餐。她趁天气好，骑车来到海产店。狭窄的小店里挤满了复活节前来度假的游客。她们的皮肤是奇怪的棕色，戴着金链子，身穿粉色衣服，挎着漆皮包，用涂着指甲油的手指夹住排队的号码。她买了二十片鲱鱼肉，其中八片当晚吃，其余十二片腌制保存。轮到她时，鱼贩帮她把鲱鱼片放进袋子里，袋子底部很快积聚了一些淡粉色的汁液。这是拉娜去世后，她第一次感到快乐。现在她在想，也许这种快乐并不真实。这些食物不健康，麦克斯隔着电话就能闻到鱼腥味。她太激动了，就是这样，所以他得提醒她回归正轨。至少她告诉他晚餐吃炸鲱鱼时，他显然是不高兴的，也许是觉得她太过了。“我不吃家常菜，”他说，“你知道的。”

“鲱鱼是世界上最美味的东西之一，”她反驳道，“只要烹饪方法得当。”

“对，所以会弄得好些天满屋都是腥味。”

“那你有什么建议吗？”

“那你再去买点能吃的东西吧。”

她生气了，在电话里对他说了一些气话，然后挂了电话。而现在，她和一个陌生男人一起坐在酒馆里，另一个人，一个除他以外的人。

“你经常来这儿吗？”托芙问道。

“啊，对。”迈克叹了口气，靠在椅背上喝起啤酒。“你喝的是水？”他朝她的杯子点了点头。

“我开车来的。”她撒了谎，却不知道自己为什么要这样做。

“啊。”

他似乎有些走神，转而拦住了那个端着食物走过的年轻女服务生。

“我在这桌吃。”他告诉女孩，然后又点了一杯啤酒。女孩疑惑地看了托芙一眼，托芙点点头，表示没关系。

“我叫迈克。”等到再次只有他们两人时，他说道。

“嗯，你说过。”

“啊，很抱歉。你叫什么名字来着？”

“托芙。”托芙说。

“干杯，托芙。”

他们举起酒杯碰了碰。她其实并不喜欢他这样叫她的名字。

“我得告诉你，托芙，我不太满意这儿的服务。”迈克说道。

“啊哈？”托芙回应道。

“店家好像还不知道，他们需要做得更好。”他继续说道。

托芙疑惑地看着他。

“我就是对他们的服务有点儿失望。”迈克说着，从钱包里取出驾照、万事达卡、名片和签证，把它们一一叠放在桌布上。就在这时，托芙的食物到了。

“我不知道你们要一起吃饭。”女孩对托芙说，“要我把菜先拿回厨房热着，然后给你们同时上菜吗？”

“不用，不用。”托芙回答，“我赶时间，没关系。”

“一切都好吗？”女孩问道。

托芙向她保证一切都好，女孩便走开了。迈克还在忙着整理他的卡片。托芙问他是否介意她先开始吃饭。

“没关系，你吃吧。”他说，眼睛却没有离开他的一堆卡片。鲱鱼又脆又酥，还配有蔓越莓果酱。托芙开始吃的时候，迈克一遍又一遍地摆弄他的卡片。他自己的餐端上来时，他抓住了女孩的胳膊，把她拉向自己。“下次记住了。”他说。

“好。”女孩生硬地回答。

“我几乎天天来这儿，”迈克对托芙说，“你要是对某种事物太过依赖，就会被人恶劣对待。真烦人啊。”他放开了女孩，女孩快步走开了。

托芙努力地找话题，但迈克抢先一步问她是做什么的。她说自己是做小生意的个体户，他说他对她的行业也有些了解。他还写过一本关于瑞典克里斯蒂娜王后的历史类书籍。据他说，这本书还挺畅销的。

他们身后的桌子传来一阵大笑。托芙请他讲讲克里斯蒂娜王后，他一开口，她就不用讲话了。房间里很嘈杂，她只能听到一些零碎的句子。她尽量点头，适时地提些问题。突然，她听到他说，他曾在丹麦土耳其乳品公司工作过许多年，在世界各地生活过。现在他退休了，卖掉了在北西兰岛的房产，搬到了这里。她问为什么。他在这里有家人吗？他是本地人吗？“不是，”他说，“我是来打高尔夫的。”她笑了。“但高尔夫球场在北西兰岛啊。”她惊呼道。

他说他对这座城市很失望。人们不会互相照顾。他原以为在这样的地方，人们会更加友好。现在他把全部家当都投在了这里，却已经开始考虑离开了。他们不知道自己在做什么，竟然把资本赶走了。“别着急，事情总要比你想的花更长时间，”她说，“你别自己毁了它。”

“你在这里住多久了？”她问道。

他开始讲述他买下的房子，那是一座废弃的庄园，四个工人在里面忙活了好几个月。他详细列举了有多少工匠为他工作，以及雇他们花了多少钱。

托芙很快就又不知道他在说什么了。她吃得很快，大口大口地喝水。而迈克却没有动他的食物。他又谈到了克里斯蒂娜王后。讲话的时候，他一直侧着头看着她。光是听他说话就让她觉得自己脏了，她突然意识到，他走到她的桌子时，只能看到她的后背。她想，这也太随意了。她可以是任何样子的人。

她想喝杯咖啡，吃块蛋糕，但这显然不可能。她咽下最后一口唾沫，环顾四周，准备叫服务员结账。

“克里斯蒂娜王后猎熊、发射炮弹。这在维多利亚时代可一点儿也不让人喜欢。”迈克忽然开口。

她其实不想说话，但控制不住自己。“你为什么要谈论维多利亚时代？”她问道。

“你可以跟我一起回家，看看我是怎么装修的。”他身体前倾，隔着桌子说道。

“不了，谢谢。我得走了。”

迈克立刻缩回身子，脸上浮现出受伤的神情。她觉得他一定试过无数次。在内心深处，她为他感到难过，但她其实不以为意。就在这时，她看到那个女服务生从厨房走出来，赶紧站起来要求结账。

“哎，他把你的晚餐毁了吗？你害怕吗？”女孩问道。

“他怎么了？”托芙问道。

女孩说她也不知道，只说他几乎每天都来，骚扰客人和服务生。他们很快就要禁止他踏入酒馆了。她答应马上把账单送来。托芙还是去了趟洗手间打发时间。一想到同桌的男人，她就觉得恶心。当她回来时，看到迈克也收到了账单，而他坚持要一起算小费。她看到他坐在那里，手指着投币箱，对他说她不能等了，她得走了，然后她急忙跑到衣帽间，穿上外套，打开门。直到绕过停车场的拐角，她才把外套穿上。

天已经黑了，变得有些冷。她在路灯下慢慢地推着自行车往家走。她不愿走回家，但最终她没得选。

天色格外冷寂。她把闲着的手伸进大衣口袋。空气清新，仿佛可以吞咽。远处的城市烟雾缭绕，汽笛声、汽车声和人们的喧嚣声交织在一起。火葬场的烟囱在橘黄色的天空下冒着浓烟。没有一丝风吹草动。她知道，等她到了家，会看见坐在电脑前的麦克斯。他看书的时候，总是从胸前的口袋里拿出窄窄的老花镜，在镜盒里展开，戴上，好像这副眼镜能给他带来极大的快乐。镜片又黑又厚又方，是他的脸在适应它。他一戴上这副眼镜，就会让她想到，有天他也会死。但不是现在。麦克斯会成为一只老鹰。他一边读书，一边思考，用大手按摩他的后脑勺。他会高兴得浑身发抖，但不会意识到。这就是他积蓄力量的方式，他自己完全没有察觉。

她呢，她的力量从何而来？是什么让她想要活下去？

是希望，就这么简单。她的希望不是一首春日颂歌，而是追随着她的低沉的闷响。即使几乎无法听到，那声音也在低处流淌。乍一听，你可能会以为那是悲伤之音。

她的希望从何而来？来自他。她的希望从他而来。没有他，她就形同虚设。她永远无法向任何人解释，包括她自己。只有在最真实的时刻，在她完全不受干扰的时候，就像现在，她才知道那是一种什么样的感觉。如果她想成为他想要的样子，她就会僵化。他让她放慢脚步。给她套上绳索，每当她试图接近他时，他就会打断她。啊，她经常想象没有他的生活，没有人能像她一样反复做离婚的白日梦。她围绕他这个木石桩一样的人跳舞，呼唤他，把生活的悲伤归咎于他，她爱他。所有的爱都源自她自己，但如果只剩她自己，她最基本的人性特征就会消失。她会失去起床、穿衣、吃饭、与人交谈的欲望。唯一剩下的就是活着。

她没了希望就什么都不是。人就是这样，可以变得一无所有。“我亲爱的麦克斯。”她低声说道。

她把自行车推进车棚，小心翼翼地打开门。客厅的门虚掩着。麦克斯坐在沙发上，腿上放着电脑。电视开着，荧屏的亮光映在他的眼镜上，两只方形的灰蓝色“眼睛”闪闪发光。“嗨。”他亲切地问好。

“嗨。”她回答着，踢掉靴子，把外套随意地扔在椅子上。她穿过厨房，发现鱼片已经不见了，台面上还残留着一些凝固的污渍。她走进客卧，躺在床上，头痛得几乎要裂开。她必须起来吃片药。

关了灯后，她拉过毯子裹住自己。门外传来电视机的杂音。她还年轻。拉娜也曾年轻过。托芙最后一次见到她，是在临终关怀医院，她坐在窗边的椅子上，面容干瘪，双手如同鸟爪一般。她说：“我经历了漫长而痛苦的一生。”随后，她又说：“我的人生漫长而美好。”过了一会儿，她又轻声说道：“我很幸福。”

现在，托芙蜷缩在床上，闭着眼睛，她的双眼干涩，几乎要流出泪来。周围静悄悄的，只有一缕黄光在她眼前闪烁。

她忽然想起了住在托彭的戴维和图森太太。在她小时候，图森太太就已经是个年长的老妇人了，她住在城郊一栋红色的小房子里，房子的名字叫托彭。图森太太与其他老妇人不同，她没有丈夫，没有孩子，骄傲地守寡多年。她有过一位图森先生吗？托芙思考。她在家里开了一家刺绣店，每周五举办缝纫俱乐部活动，镇上的孩子们可以来这里学刺绣，然后拿到山塔尔传教会的集市上出售。许多大女孩都去了，托芙也去了。她们坐在图森太太的客厅里，一边缝纫，一边听图森太太的助理读圣经故事，还可以享用法式甜面包。每当女孩们缝错了线，就会呼叫图森太太，她会过来帮忙把缝错的线拉出来。要是某个女孩不想绣了，图森太太会亲自把刺绣做完。

没人想过事情会发生变化。有一天，图森太太家门口出现了一辆黑色的男式自行车，车座上绑着一个褪色的塑料袋。缝纫俱乐部很快就停办了。

刺绣店也停业了。图森太太嫁给了戴维。他不是本地人，没人知道他和图森太太是如何相识的。他身材宽胖，留着巨大的灰色鬓角，脸庞微微发亮，他骑自行车速度很慢，还颤巍巍地，以至于汽车遇见他都习惯绕着他开一个大弧线。托芙记得，图森太太在花园里干活时，他总是坐在敞开的厨房窗户前听收音机。没人见过他帮忙做事。他在城市景观中仿佛是一个全新而令人困惑的存在。尽管他没带酒瓶，但他的模样和行为总让人联想到原始人和酒鬼。他那地中海式发型，他慢吞吞地讲无聊句子的样子，让人难以理解他为何能娶到图森太太。有一天晚上谈起此事，她的母亲笑着说："就像野鸡一样。"她说："母鸡负责觅食，然后公鸡把最好的食物吃掉。"父亲回答说，公鸡实际上是在为母鸡冒生命危险。研究表明，没有公鸡的山鸡群死亡率明显更高，因为公山鸡的身影显眼，天敌总会首选它攻击。父亲说，公鸡随时准备为母鸡赴死，随时准备付出生命的代价。

托芙能做到吗？和野鸡一起生活？不，和戴维一起生活？不，不，一切都乱套了。戴维不是野鸡，他一点儿也不显眼。图森太太嫁给他后，仿佛变成了另一个人。她的房子总是大门紧闭。女孩们放学回家经过她家时，看到她戴着园艺手套站在篱笆后面，只是向她们点点头。就好像她们从未坐过她的沙发，从未喝过她的果汁。她仿佛已经把过去抛在脑后，以便更好地适应这个陌生的男人，仿佛直到现在，她的生活才真正走上了正轨。

托芙也梦见过一个真相。她梦见了一个明确的点，一个能让她定下来的点。麦克斯曾说，如果他根本不爱她，她就自由了。她想这不是为了他，而是为了她对他的希望。但这终究只是一场梦，那个确定的点并不存在。

她想，如果她真的洗过澡，就没有人可以告诉她了。拉娜已经死了。麦克斯会认为这只是在说大话。

这还不够，但也许她能找到另一个没有这种希望的地方，从中获得自由。

就快找到了。

十二月是个残忍的月份

那是70年代初，镇上有三家杂货店，还有一家布鲁森超市，女孩们的母亲就在那里工作。

那是十二月十日的傍晚。差二十分钟七点，超市打烊了。送货的男孩回家了，收银的女士回家了，店员也已经回家了，但店里仍然亮着灯。女孩们的妈妈还没有离开。

她把白大褂挂在衣橱里，穿上外套和靴子，准备离开。只有架子上的小灯和入口处的灯亮着。天花板下挂着一排排大大的圣诞爱心，是她自己挂上去的。她正在把一品红上的枯叶摘掉，准备把泡沫塑料盖在新冷藏柜上，这时她发现冷柜里的肉已经开始渗出汁液，柜台上也有血迹。

她烧了一壶水，把外套搭在员工室的椅子上，装了一桶水和医用酒精，戴上了橡胶手套。冰柜里的东西得清空，有些肉也得重新包装，所有商品都得彻底清洁一遍。她知道女儿们还在家里等她。她们的爸爸是会计，要加班到很晚才能到家。店里的电话锁在办公室里，她打不通女儿们的电话，却并不担心。她们已经习惯了互相照顾。她开始把肉从冷藏柜拿出来放进购物车。

店里的风扇发出嗡嗡的响声，唱片机也嗡嗡作响，仿佛在向她表忠心，证明它们正在为她一个人工作。这家店就像一只温柔的大手将她环绕，在空无一人的时候是如此，在顾客最多、店员最忙碌的时候也是如此。她觉得自己像是在家里，这就是一个家应有的样子。她从这个家里找到一台晶体管收音机，按下开关，唱诗班甜美的声音就在空气中响起。她拿起滴着水的抹布，开始清洗冰柜。

她什么都没想，只跟着收音机里的圣诞颂歌放声歌唱。那年她三十一岁，她清澈的嗓音可以在中音和高音之间毫不费力地切换。她是镇上唱诗班的首席女高音之一，不久后就要在圣诞音乐会上独唱。她抬起头，感受着自己的歌声。音乐节目之后是交通广播，道路结冰和道路湿滑预警。她站在原地，盯着褐色的污水出了一会儿神。

她回想起几年前一件她不愿回忆的事。一天晚上，店主和他的妻子被楼下的动静吵醒。店主从床上下来，下楼去看，发现了一个小偷，于是把小偷打了一顿后锁在了浴室里，然后报了警。事后店主才知道，他被控破坏治安罪。全镇的人都为他难过，但现在，女孩的妈妈想起了这件事。她想，如果是她半夜听到楼下有沙沙的响声，她会随它去响，不会下楼去看。她会把羽绒被盖过头顶，直到一切结束。

那时她家楼上没有人，杂货商和他的太太下午一起出去过周末了。他们已经好几年没有度假了，如果他们曾经有过假期的话。从员工到顾客，商店里的每个人都发自内心地嫉妒他们。虽然他们有很多工作要做，但店主一整天都那么开心，他那可爱的妻子也下楼跟他告别了。

她又回去工作了。她先是把桶里的水倒在地砖上，然后把锅从炉子上拿下来，锅里的水几乎已经沸腾了。现在她要做的，就是用一块干净的抹布把所有东西都擦干净，把一些肉重新包装好。脏的袋子并不多，再过十五分钟就能搞定。她把酒精带在身上，把空桶提回去，又开始唱歌了。她唱的是一首她有心事时总会唱的歌：

老奥勒森去世了
他活不了了
因为他弄混了 H_2O
和 H_2SO_4

她不去想小偷的事情了，把戴着手套的手伸进水里，用力拧了拧抹布。随后她直起身子，望向外面的仓库。就在这时，她听见头顶响起了一声沉重的脚步声。

她一下子僵住了，站在原地，手里的抹布半展开着。她感觉好像身体里有一根弦被拉紧了。一分钟过去了，两分钟过去了，渐渐地，那根弦松了下来。那是什么声音？她从前听到过吗？空荡荡的公寓里，那脚步声只响了一次。

但除此之外，从来没有人听到过楼上的脚步声，一点儿声音也没有。尽管杂货商的太太整天在楼上走来走去，她肯定会掉东西、跺脚、发出噪声。是她听错了。那是她本不该记得的故事。

她声音颤抖，开始一遍又一遍地哼唱同样的三个音符，手里拿着抹布，在冷藏柜的底部来回擦拭。

可难道不是因为店里有顾客和音乐，人们才听不见店主太太的声音吗？之前她也曾独自一人在店里，难道没有其他噪声吗？

她浑身的血液涌起来了，把抹布往桶里一扔，手握住推车的把手。

*

家中，女孩们坐在餐桌旁剪圣诞装饰品。餐桌上铺着闪亮的纸。狗躲在桌子下面，其中两人将穿着长袜的脚放在它的背上，汉娜则伸手抚摸它。玛丽安已经八岁了，她是年龄最大也最熟练的一个，已经学会折圣诞六芒星了。五岁的汉娜正在粘贴花环。窗户下面的收音机台上摆放着一台收音机，其上有一只乳白色灯泡。它噼啪作响，发出吱吱的声音，偶尔，清风会把音乐吹进客厅，在云中甜美地奏响。

“我饿了。”汉娜说道。

“去喝杯牛奶吧，妈妈很快就回来。”

“爸爸呢？”

“他马上就到。”

汉娜从椅子上滑下来，狗跟着她。玛丽安小心地把半颗星星放在桌上，走到窗前。从她站的地方，可以看到路那头有四根灯柱。她看到沥青路面、人行道和长长的树篱墙。空气在路灯的光柱中跳舞，还是说下雨了？玛丽安把嘴贴在窗玻璃上。当她站在这里时，她母亲总是在第一根灯柱下出现。

收音机里，一个声音打断了正在播放的音乐。玛丽安一动不动地站着。是的，当时似乎正下着雨，空气里满是闪闪发光的东西，既不是雪，也不是冰雹，但也不是雨。这是烟雨，她想。

厨房里很安静。没有声响，也没有犬吠。也许汉娜在那里吃糖。玛丽安想大声喊叫，但为了不被人打扰，又决定不喊了。如果她待在这儿，她妈妈就会从这奇怪的雨中走过来。

妈妈不在的时候，玛丽安总是很担心。不是担心她每周工作的那两个下午，因为那个时间只要去超市就能见到她，而是担心每周二晚上，妈妈要去合唱团练习的时候。看到碟子上倒扣的杯子和涂满黄油的面包，玛丽安绝望了。很快，她们的妈妈就会从浴室里出来，梳着新梳的发型，涂着口红，由内而外容光焕发，为一些与她们无关的事情而感到高兴。她会把篮子挂在钩子上，用餐巾把杯子包起来。她会飞快地亲吻她们，吻她们的眼睛。“别哭了，我很快就回来。”她们哭喊着，而她们的妈妈会对她们笑笑，抱抱她们，然后离开。她走出去的那扇门，她走在人行道上的那些步伐，它们消失的那一刻，世界似乎也变得不那么可爱了。可是为什么呢？她们并不孤单呀。她们的父亲坐在客厅里看新闻，用一只疲倦的手托住一动不动的脸颊。母亲教她去想些别的事情。“想想今年夏天我们在海滩上的那个时候。我会回来的，”她说，“你要相信我会回来。别害怕。”

这是真的。她终归会回来的。

但今天她迟到了。她半小时前就该到家了。

玛丽安闭上了眼睛。当她数到一百，再睁开眼时，她的妈妈就会从光锥里走出来，那么好，那么甜，那么温暖，满是柔情，就像这世上所有柔软的东西一样。

一、二、三、四……她强迫自己使劲儿数了很久。

然后她睁开眼睛目视前方。在她闭上双眼的时候，奇怪的雨停了。眼前是街道、房屋、树篱、人行道和四个不亮的红绿灯。“那就数到一千。”她对自己说，但她却走到后面的走廊，开始穿外套。

汉娜向她走来，唇边沾着牛奶，狗跟在她的身后。

“你上哪儿去？”

“去找妈妈。”

“我也想去。”

她们穿上雨靴。雨靴是昨天新买的，一双是蓝色的，另一双是黄色的。顶部有闪光灯环绕着靴筒转动。

“你在这儿待着。”玛丽安叮嘱她们的狗，让它进了厨房。她们进了城，一切都被大约半厘米厚的冰覆盖着。电线懒洋洋地穿过街道，铺路石、人行道和沥青都成了黑色的毛玻璃。主街上的绿色花环就像湿漉漉的、坚硬的毛发。玛丽安抓紧了汉娜的手。

汉娜想在糖果店门口停下来看一会儿橱窗，但玛丽安拉着她继续往前走。

“快点儿，快点儿。我们得去找妈妈。”

“可是你说过，妈妈很快就会回来的。”

在杂货店后院的正中央，有灯光从后面的房间里透出来。她们敲门，但是没有人应门。玛丽安去开门——这扇门下班后通常会上锁，但今天它开了。“妈妈。”女孩们叫道。她们在门廊里站着，找不到电灯的开关。

后面房间的门敞开了一条缝，她们的妈妈从里面探出头和半个身子。

“妈妈！”她们跑向她。

“你们怎么在这儿？”她说，声音听起来很严厉。“你们得回家去。”

“我们就是想来看看你。”

妈妈在她们的视线里消失了，不一会儿又出现在门后，递给她们一个透明的塑料袋，袋子里装着一大把脆猪皮。

“把这些拿上，”她说，“现在就回家。”

“你什么时候回来？”

“我很快就下班了。”

“那你下了班就回来吗？”

“你们走吧，赶紧回去。我不会待太长时间的。”

她把她们送出门，她们又站在后院里了。

“妈妈怎么生气了？”汉娜一边问，一边摘下手套，把手伸进塑料袋里。

“她很晚才下班，只有快点把工作做完，她才能回家。”玛丽安回答。

她们在主街上装饰华丽的商店之间一路小跑，在每一家店门口停留，直到回家。她们已经不需要赶时间了。

现在是晚餐时间，所有人都在家里，只有这两个女孩儿跑到了外面。就连总盯着自家店门口看的理发师，还有鞋匠安妮，也都回到了屋子里面。不过她们意识到她们并不孤单，因为她们看见毕亚恩从远处骑着自行车过来了。这是奇怪的一幕：他站着踩脚踏板，车轮一直在冰面上打转，但就是不前进。毕亚恩每天都带着优惠券骑车到处转，早上骑着自行车，带上一大摞优惠券从布鲁森超市出发，走遍小镇中心和外沿的每个角落，挨家挨户地把优惠券放进信箱或是门前。人们对毕亚恩赞不绝口，夸他总是飞速移动，而且从未在转弯处跌倒，这简直是个奇迹！即使是现在，他也没有摔倒。他的头形几乎是个立方体，双颊被醒神的冷风吹得通红。他十八九岁，举止优雅，温和可亲，至今还没出现能让他吼出声来的人。他没注意到向他走来的两个孩子——他对孩子不感兴趣，他的“慈善事业”还没发展到那一步。

姐妹俩离开主街，路过教堂。一个微弱的声音从教堂墓地里传出来，玛丽安听到后抬起了头。那声音如同成千上万的玻璃碎片相互碰撞，接连作响。她停了下来。

“汉娜，你看。”她说。

“看什么？”汉娜问道。

“看那些树。”

“好。”汉娜轻声答应。

那些树看起来不像她们每天在堤坝后面见到的树，夏季翠绿，冬季棕黑。它们沉重的树冠比平时低得多。每根树枝，甚至是最细小的枝丫都被冰包裹着。女孩们站在那里，聆听着她们以前从未听过的音乐。明明没有起风，但这些冰枝却像一堆扁长的铃铛一样，晃来晃去，相互碰撞。几公里外的斜路上，一辆汽车呼啸着驶来，一股寒意贯穿了玛丽安的全身。她突然意识到自己的脚指头很冷。她看了看手表，差不多已经是晚上七点半了。

她们的妈妈一定早就下班了，但她们没有见到她。如果她从杂货店出来，走的是酒吧后面的小路，她可能已经到家了。玛丽安马上想到要催促汉娜，但她没有这么做，反而想要慢慢来，因为这样就能保证她们到家时，妈妈也在家里。她们在杂货店的自动售货机前停下了脚步。玛丽安的口袋里有两毛五分钱，这点儿钱什么也买不了。她们只能在每个星期六吃糖，这规则在她心中牢牢地扎下了根。她从来没想过在其他日子里吃糖。她忽然意识到今天才周五，而周五就拿着一袋脆猪皮是不对的。她自己一块也没碰，但是汉娜一直在吃。袋子里的脆猪皮只剩一个底了。妈妈为什么把这个给她们？她紧紧地攥着汉娜的手。

“别再吃了，”她说，“我们现在得回家了。”

*

差不多同一时间，城外几公里处，发生了一起车祸。这是一场单方事故，司机失去控制，迎面撞上了一棵树。由于恶劣的气候和路况，过了很久才有另一辆车经过，发现事故现场并报警。那时，事故车里的男人早已不省人事，身体冰凉。他被送往医院，衣物和靴子被剪下来，同他的钱夹、手套和外套一起送进了焚化炉。那张血迹斑斑的驾驶证上写着，这辆车的司机名叫莫根斯·克努森，而接到报警的警察也认识这个人，知道他是杂货店店主的儿子。整个夜晚和清晨，他都在生死线上徘徊。

小时候的莫根斯是城里人的熟面孔，早上八点的晨歌礼堂里，如果你看到后排在冒烟，你就知道是莫根斯来了学校。那小子可能会在校长办公室外面等着扔粪蛋。他走到哪里，哪里的玻璃窗就会碎掉。园丁奥森总是谈起这个。上学的时候，他会站在路对面，一根接着一根地划着火柴，然后冲着被吓坏了的牧师女儿们，冲着开破电动车"嘭嘭"经过的胖妞卡特琳娜以及所有路过的人吐舌头。每次他和一个女孩擦肩而过，要么打她一耳光，要么用书砸她的头。他会独自漂流，用棍子沿着水沟敲打，打掉牛膝草、罂粟花、康乃馨、洋甘菊和雏菊的花冠。还有一次，人们在水沟里发现了一根竹竿，竹竿上紧紧地捆着一个袋子，袋子里竟封着好几只还活着的小猫——肇事的证据全部指向莫根斯。

如果他没有父母和姐姐，城里就没人能容忍他。有了家人的支持和保护，人们对他的议论并没有达到严重的程度。尽管人人都说他我行我素，是个卑鄙的浑蛋，但一想到他那可怜的父母为了他心力交瘁，人们也就并没有把他排斥在外。

十四岁那年，他开始往邻镇跑，那里的女孩子们不认得他。他长相帅气，诱惑又危险，从一朵花跳到另一朵花，他母亲微笑着说。但是父母都放弃了他，他连送货员都当不上。他在街上游荡，憔悴不堪，不能赚钱回家。父母亲在他们自己的孩子面前无言以对，他的行为让他们难以置信。

他在邻镇交了朋友，活动半径变大了。他没有一天安生，父母以为他已经回家了，但他还是有事要忙。他总是猛地站起来，然后就消失不见了。他似乎解释过要去做什么，但没人能记住他说的话。

他离开学校，在马铃薯收割机工厂找到了一份活计，但没能留下。铁匠们的取笑把他惹恼，他们就会打架。经过了一段时间的挣扎，他在十九岁那年一个冬日的夜晚被拘留了四个星期，还收到了逮捕令。他被一辆巡逻车带走，带到法官面前。他脱下衣服，领了一个小托盘，里面有水杯、勺子和一个餐盘。牢房的墙上有一个带铃的按钮，上面写着“呼叫浑蛋”。除此之外，与外界的所有联系都被切断了。后来，他声称自己甚至不知道自己哪里做错了。

但很快，所有人都知道他被捕是因为一起车辆盗窃案，其中有人受了重伤。莫根斯并不是唯一参与其中的人，他还有另外一个同伙。莫根斯有可能受到谋杀未遂的指控。

店主和他的妻子平时并不引人注目，他们一如既往地友善、乐于助人，也许比平时更甚。但当直接被问及时，他们都陷入了沉默。这可不是个恶作剧。这是极为可怕的事。求上帝保佑，他可能不知道自己在做什么。

上帝没有惩罚他们。在拘留两个半月后，莫根斯就被释放了。他因饮酒驾驶被判了很轻的刑罚，而他的刑期在拘留期间早就满了。出狱后，他说自己是无辜的。据说，他搬了家，在别处找了份工作，至少再也不回镇上了。他的家人一直与他保持联系，没有人问起他，人们也没有听他的家人再提起他。人们都认为店主是个诚实又明智的人。他们没有怨声载道、打扰他人，而是用一种得体的方式表达了他们的不满。没有任何父母，即使是最优秀的父母也不能从这个孩子身上得到什么好结果。

那个人，没人知道他住在哪里，是否回过他的家乡。显然，那天晚上没有人在镇上见过他，但他确实到那儿去过。

*

三天后，十二月十二日，星期一，下午两点左右，一男一女从商店后面的一扇门里走了出来。商店关门了。他们跨过警戒线，走上主街。男人带了一个篮子，篮子很大，以至于他不得不用双手把它捧在前面。男人就这样捧着篮子，好像里面放着一件重物快要把他压垮了。

这对夫妇身着黑衣，脸色和他们头发一样灰白，就像走在阴暗山谷里的两个人。这个时候在街上看到他们不是件寻常事，他们一走近，人行道上的人们就向后缩，可这一男一女却没有注意到。他们走路时目视前方。

“好吧，我们现在带着腌香肠到处走，”男人说，“这不太对。”

“那你想回去吗？”

“不回。”

他们路过容克杂货店，进入镇上的一个新区域，那里的房子越来越小，屋顶也越来越低。

“可我好像什么也看不出来，”男人叫道，“太乱了。”

“想想皮尔和两个失去妈妈的小女孩。伊勒啊，我们去看看他们吧。”

“好，”她的丈夫说，“好。”

但是他们越走越慢，昏沉的阳光照在他们走过的熟路和人行道上。

“这件事发生在布鲁森超市，我很难过。”伊勒说，“我知道不该这么说，她被杀害这事本身就很可怕。”泪水突然从他的眼中涌出。“如果我们周末没出门呢？”他问道。他们站在不显眼的乡村小路中间，周围是枯黄的树篱。这里是城镇的边缘，总是刮风。很快他们就要进入了开阔的乡村。

“我不能去，”伊勒说，“我不知道该说什么。”

“那谁又能去呢？”露丝问。他望向她，仿佛直到现在才意识到她在眼前，而刚刚和自己说话的不是她。

“我们早就知道，总有一天他会落得这样的下场，不是吗？”

她没有回答。

“但事情发生的时候情况还是不一样的。”他继续自顾自地说道。他站着，隔着她发辫上颤巍巍的蝴蝶结讲话：“我跟他说过一千遍了：喝了酒就别碰车，遵守车速限制，规则不是来干扰你的，是来帮助你的。”

她转过半个身子，开始在口袋里找东西。

“可他都干了什么啊？他撞车了！现在他得在轮椅上过下半辈子。他瞎了。他毁了。你知道吗，露丝？我劝不劝还不都是一样啊。”

她开始往前走。“我不喜欢你这么说。”她侧过头说。

“我想说什么就说什么！”他在她身后喊了一声。“我们该谢天谢地了，万幸他当时没再杀别人。”他一边说，一边走到她身旁，声音很低，像是在更正她的话。

“你的话真刻薄。”

“我就是刻薄。那傻孩子，他怎么回事？为什么一直和我对着干？他怎么不像冈希尔德那样懂事？”

“你的篮子歪了，”露丝说，“你得把它正着拿好。”她把两个手指插在玻璃纸中间，把里面的东西来回挪动。

“要是他有个对象就好了。也许她能好好管管他。”

“我们继续走吧。”露丝说。

“可是他为什么没找到呢？他长得太好看了，太太太好看了。现在他毁了容，这点儿优点也没了。”

他们已经看得见树篱后面的平顶房子，再过几分钟就到了。

“我不进去。”伊勒说。

“大家都看见我们了。”

“人们只想他们愿意想的。他们总是这么做。”他闭上了眼睛，“我不知道该怎么面对这种痛苦。”

他们来到了房子外面的车道上，一条狗从楼梯上爬起身，摇着尾巴朝他们走来，眼里写满疑惑。

“篮子里的东西看上去还可以吧？”伊勒问，“没颠簸得太厉害吧？”

“没有，没有。看起来不错。”

他们按响了门铃。

*

一小时后，他们回到了大街上。虽然他们不用再顾及篮子里的东西，但是回家的路走得和来时一样慢，也许是因为他们只了解布鲁森超市以内的城市，往常是城市向他们走来，所有的喧嚣都化作了咖啡和黑面包。城里发生的一切仿佛让他们变得痴聋又敏锐。

一看见他们，女孩们的父亲就红了眼睛，气得哭了起来，因为从他们呆滞的眼睛里和门口灰蒙蒙的天空中发出的光使他无法忍受。楼梯上方的走廊放着两个圣诞日历：其中一本只剩几天没有打开了，包礼物的丝带还系在上面。另一本最近三天都没有打开过。

沙发上，两个女孩紧挨着坐着，眼睛睁得很大，穿着一模一样的小格子裙、带扣的鞋子和白衬衫。她们的头发仿佛是用一只颤抖的手给编起来的。露丝让她们去了厨房。汉娜很喜欢唐老鸭的杂志，爬上了窗台，玛丽安则帮忙烧水，切奶酪和香肠。 她那尖尖的小脸上没有笑容。她把小厨房里的餐桌布置好，小心翼翼地把刀和茶匙摆放得整整齐齐，餐巾也叠得整整齐齐。桌子上铺着桌布，窗台上有一盆一品红，有人给它浇过水。冰箱上贴着一张明信片，露丝认出了它的主题，它来自耶斯珀花卉公园，八月的一个星期天下午，布鲁森超市的员工都去那里远足了。他们乘公共汽车出行，在公园里待了两个小时才回家。出行总共花了五小时。

他们回到家里的时候，黄昏已经渐渐降临。一群小鸟在居民区的上空盘旋。

“对于一个自谋职业的搬运工来说，抚养两个孩子可不容易。”

“确实，不容易。”露丝说。

“我觉得他得找个女学生来家里帮忙。”

“我们可能认识人。”

“是谁呢？”

“冈希尔德。”

“不行。”

“行，她可以的。她圣诞节就从家政学校毕业了，还不知道要做什么。让她去那家干活是对她好。”

“那户人家不行。”

“你在说什么？”

他没有作声。

“别这么别扭，伊勒。我不明白你怎么了。对冈希尔德来说，到需要她的地方去是件好事。”

他还是没作声，只盯着前方。

“你现在不会要用后腿站起来了吧？”

“有件事我不喜欢。”

“什么事？”

“没什么。”

“你不喜欢什么？”

“我们回家再说吧。”露丝不再说话了。他们沿着大街走，经过灯火通明的商店橱窗和奶牛场，一卡车煮熟的饲料土豆从他们面前经过，香味从卡车里冒出来，那是甜甜的泥土味。他们回到杂货店时，伊勒开了门，打开电灯，他们爬上了楼梯。

“我去泡杯咖啡。”露丝说。

“我不能再喝咖啡了。”

他们脱下外套，在厨房的桌子旁坐下。露丝打开窗台上的一盏灯。伊勒用余光看了一眼周报，拿起老花镜。

“你刚才想说什么？”她说。

“哦，可能没什么。”

“说来听听。”

“就是他好像对我很生气。”

“是吗？”

“我太累了。我今晚没力气去看莫根斯了。”

“我们做饭吧。等等再说。”

“等到重新上班就好了，”伊勒说，“到时候就不再无事可做了。但警察也得做好工作准备。”

“他们没有线索。”

“真奇怪了。所有的血、吵闹，还有打斗痕迹都在这儿啊。”

“你觉得他到这儿来过吗？”露丝问。

“谁？”

“他啊。”

伊勒没回答。

“我之前什么都不想说。可能是我记错了。倒也没少什么。但这罐子好像被挪动过。”

“什么被挪动过？”

“就是放的位置不一样了。酒壶一般不在这儿。浴室的地毯动了。橱柜里少了一个瓶子。这些都是些微不足道的小事。”

“我觉得是你去看你平时看不到的东西了。”

“你觉得？”

“我们看见鬼了。门没被强行打开过。对吧？”

“你确定我们记得锁门了吗？”

“我们每次都记得锁门。”

“可是你确定吗？”他疑惑地看着她。

“我们要不要报警？”

“你说，这些动过的东西是什么？”

“小东西。烟灰缸里有一个烟头，可我之前已经把烟灰缸倒空了。管道门是开着的，可我之前已经关上了。”

“可能是我动的。”

“你不可能忘了关酿酒设备的。”

“有可能。可能是我。我们现在靠不住的，已经开始忘事了。”

“你觉得我们要报警吗？”

“不用。没什么好麻烦他们的。”

*

那天早晨，玛丽安在黎明前醒来，妈妈的手搭在她的脸颊上，轻柔地爱抚，就像夜晚照亮他们家的橙色小灯泡。她转过身去，却已经不见了母亲。她一下子坐起来，一切美好的东西都消失了。她们把它用光了，再也没有了。她们太傻了！她感到一阵寒意，于是把腿甩下床沿，低头看了看下铺。下铺是空的，羽绒被皱巴巴地堆在床脚。汉娜不在。她跳到冰冷的油布地板上，跑进卧室，发现双人床上鼓起了一个小包。她钻到羽绒被下面。两个女孩都躺在那儿。汉娜睡着了，但是爸爸醒着。

“是哪个小女孩的脚给冻青了呀？”他低声道，“它们是不是跑了很久了呀？”

“它们不是青的，爸爸。”她小声回答。

“不，它们是青的。”

“它们是肤色的，爸爸。”

“一只脚放进我的一只手里来，我来给你焐一下。”

这座城市开始苏醒。一扇门砰地关上，狗叫了起来，公鸡也鸣了起来。从阿尔诺尔德那边传来有节奏的敲击声，他正在为园丁奥森做几把长椅。但她们父亲的卡车空转声却不见了。

“爸爸，你不出去热车吗？”

“不，今天不去。”

“可今天是星期一啊。”

“我们今天休息一天。”

“那我也不用去上学了？”

“今天不用去，这星期剩下的几天也不用去。”

“整个这星期剩下的几天？”

“还有谁能照顾汉娜呢？过来，过来抱抱。再睡会儿吧。”

她闭上了眼睛。她一定是睡着了。一层红雾从她眼皮底下滑过。她伸手去找爸爸，但她的手什么也没有摸到。他不在。“爸爸！”她尖叫着，跌跌撞撞地下了床。

当她走进厨房时，她发现汉娜正坐在可拉出的挡板前的凳子上。她睡觉时梳着辫子。没人想过要把它们解开。她一只手舀麦片，另一只手把易拉罐的底部按在一只尾巴上长着尖刺的黑色小木狗下面。她每按一下，小木狗就倒在她的腿上，她一松手，它就猛地站起来。她有节奏地按着，略带恼怒，好像这只玩具狗在烦她。罐子发出了“呜呜”的声音。

“你从哪儿弄来的？”玛丽安问。

汉娜浑身一震。她把狗推到唐老鸭杂志下面，转过身来。

“我什么都没有。”她说。

“你有。你有一只狗。给我看看！”汉娜把狗从书页下面拽出来，在空中举了两秒钟，然后又把它藏到了书页下面。

“你从哪儿弄来的？”

“这是我捡来的。”

“你拆开了圣诞日历。”

“没，我没有。”

玛丽安跑到走廊。十二月十日以来，她自己的圣诞日历一直放在那里，从未动过，但汉娜的却少了四天。她跑了回来。

“你就这样去打开盒子？你觉得妈妈会怎么想？我会告诉爸爸的。”她喊道。

汉娜没作声，把勺子放在剩下的麦片里，哭了起来，玛丽安也跟着哭了起来。

“我不是故意的，”汉娜哭着说，“我不是故意的。”

她们抱在一起站在那里时，门铃响了。

汉娜先去开门，玛丽安紧随其后。楼梯上站着两个男人。

“你们好，”其中一个说着，在她们面前蹲了下来，“我叫达尔。”

“我叫汉娜。”汉娜低声说。

“你好，汉娜——你是玛丽安吗？”

他抬头看着玛丽安。她点了点头。他对她们微笑。他的头发是白色的，嘴巴深处镶着一颗金牙，镜片后面的蓝眼睛对着她们眨了眨。如果他张开双臂，她们就会爬进他的怀里尖叫。

“那只狗叫什么名字？”他认真地问。

“普瑟。”

“普瑟……好了，好了，好了，安静点，普瑟，别把我撞倒了。”

“普瑟！”玛丽安命令着，一把抓住了它的脖颈。那人站起身来。“我们能进去吗？”他问道，“我们是来找你父亲谈话的。”

“他现在很忙，但他马上就来，”玛丽安说，“你想喝点咖啡吗？”

两个男人彼此对视。

“好啊，我们很乐意，”那个叫达尔的人说，“你会煮咖啡吗？”

“我会。”

“真是个好女孩。”他给了她一个微笑，她从头到脚都为之一震。她赶紧把他们领进客厅，抖了抖沙发上的靠垫，然后跑出去使劲儿地敲浴室的门。“爸爸，有人来了。他们在客厅里。”

她拿出盘子放在桌上，像她妈妈那样。水壶在炉子上烧着。她爬上厨房的桌子去够咖啡罐和毛毯。有一个罐子里装着她妈妈烤的犹太饼干。她打开盖子，闻见里面肉桂的味道，泪水涌上了她的双眼。她把盖子盖上。她和汉娜还烤了布朗尼蛋糕，这没关系。她装了一碗蛋糕，把碗放在托盘上。水壶响了起来。她扯掉壶盖哨子，烫伤了手指，哨子掉到了地板上。她把装满水的水壶从炉子上挪开，双手捧着它走过厨房。她拉过一把椅子，爬到上面去够咖啡壶和滤纸。

客厅的门是关着的。她把托盘放在地板上，打开门。两个男人在里面说话。她父亲坐在沙发上，达尔和那个男人坐在两张椅子上。托盘在她的双手之间叮当作响。话音停了下来，达尔对她笑了笑，从椅子上站了起来。

“让我来拿吧。”他说。

“不用，我能行。”

但他还是从她手里接过了托盘。“非常感谢你，我的好女儿。”她父亲用客气的语气说。她给大家分发杯子，倒上咖啡。“给你，”她一边说，一边把布朗尼蛋糕分给大家，“它们有点烤焦了。”

“味道好极了。”达尔说着笑了笑。他向后靠了靠，手里拿着一块布朗尼蛋糕。她拉出一把椅子，靠前坐在椅子边上，双手交叉放在腿上。客厅里一阵沉默。爸爸看了她一眼。

“谢谢你，玛丽安。如果你还有别的事想做，你现在就可以走了。”

“没有，我可以陪你。”

“你最好还是离开吧。我们需要谈谈。”

现在她明白了。她红着脸站起来，溜了出去。回到房间，她躺在床上，把羽绒被拉过头顶上。被子里漆黑一片。她躺着，鼻子从被缝里露出来透气，又热又难受。过了一会儿，她把羽绒被扔到一边，喘着粗气。她躺了一会儿，眼睛盯着天花板。屋子里出奇地安静。普瑟和汉娜在哪里？

她下楼来到走廊。他们不在厨房，不在卧室，也不在杂物间。浴室里也没有，浴室的洗手池倒是有一个黑边。细碎的人声从关着的客厅门后面传出来。她小心翼翼地按下把手，打开了一条缝，溜进餐桌底下，趴到地上。在她的脑海里，妈妈正唱着支离破碎的歌。也许是女高音。讲话声在其中忽上忽下，使她摇晃，昏昏欲睡。她的眼皮轻轻地合上了。

后来，她感到普瑟用鼻子轻碰了一下她的身体。她用双臂搂住它，让它靠近，它重重地叹了口气。与此同时，汉娜从沙发后面爬出来，四肢着地爬过地板。她睁大眼睛钻到桌子底下。有那么一会儿，她跪在地上，似乎要疯狂地向前冲，然后她撅起屁股，冲着玛丽安灿烂地微笑。“嘘!”她低声说道。然后她躺下来，突然非常安静。玛丽安一把抱住她，把她转过来面对着自己。只有当汉娜转过眼白，伸出舌头时，她才放松下来。

“她晚上睡得好吗？还是说躺在床上发呆？”达尔的声音从后面响起。

“我想她睡得很好。”

“她看起来对什么事情感到担心或焦虑吗？”

“也许偶尔会对我们的经济状况有点担心。”

“你们过得不宽裕吗？”

“我是自由职业。我们没有固定的收入，但我们也从不透支。”

“你说那天晚上你在会计那里？”

“嗯。”

“然后你开车回了家。那时是几点？”

“六点。”

“六点，对，没错。”接着是一阵沉默。

“你能告诉我你从六点钟到回家都干了些什么吗？”

“我告诉过你们。”

“对，但不是对我说的。”

“我当时很累，觉得不需要马上回家。我说过会晚点回家，会议提前结束了。我决定绕点路，开车进了哈斯特鲁普附近的树林，听着汽车音响里的音乐。然后我觉得有点儿困，结果就真的睡着了，醒来时已经快八点了。”

“这么说你只睡了几个小时？”

“可能有一个半小时吧。”

“这是我第一次这么做，”她们的父亲说道，“就是那个晚上。”

“然后出事的那个晚上。”咖啡倒好了。

“多丽丝在布鲁森超市工作了多久？”

“一年零一个月。”

“你记得很清楚。”

“是，她开始在那儿工作是因为圣诞节大促那里需要人手。后来她就留下来了。”

“所以她很喜欢这份工作？”

“她说我们需要钱。”她父亲吸了口气，你可以听到他吸烟的声音。“我想我们本可以不干的，一周上两个下午班的收银员工作赚不到什么钱。”

“所以你不认为是为了钱？”

“我不知道。”

“你不知道？”

“不知道。她说他们在一起很开心，她喜欢超市的顾客。”

“她有没有提到过什么不愉快的事情？比如，有人对她举止怪异，动手动脚？”

“我想不起来。”

“你们有没有和谁闹翻？”

“闹翻？”

“你可以好好想想。如果想到了什么，你可以联系我们。”

“你有什么线索吗？”

“我们会找到他的。但目前为止我们还没有什么线索。整个店里到处都是当天顾客留下的脚印、衣服纤维和毛发。但凶手本人戴了帽子和手套。现在是冬天，也没有强行进入的痕迹，门窗没有被打破，窗帘也没有被破坏。”

“嘿，是你们躺在那里吗，女孩们？”她们的父亲突然跳了起来。汉娜发出了鼾声，玛丽安什么也没说。他走过来，把头伸进她们中间说：“你们不该来这儿，大人们需要安静地谈谈。”

她们慢慢地从桌子底下爬出来，站在一起。狗也爬了出来。“滚出去，小青豆们。”他一边挥动着手臂，一边说。

*

大门砰地关上了。片刻之后，父亲站到了厨房的门槛上。她们坐在桌边画画，见状抬起了头。

“你们是什么小盗贼？你们不能躺在那儿偷听。”

“我们没在听，爸爸。”玛丽安生气地说。怒气可能变成了眼泪，她低下头，盯着自己的画。

“那你们在做什么？”他看起来非常疲惫，声音也非常疲惫。

她无法解释。“有人来的时候感觉很好。”

他走进客厅，让自己陷回沙发里。他就像一块磁铁，把女孩们吸引了过来。玛丽安想把空咖啡杯端出去，但他向她们挥了挥手。“过来，姑娘们。”她们松了口气，爬到他身边。

“你生我们的气了吗，爸爸？”他用大手搂住她们的后脑勺。她们靠在他的手背上。

“成年人应该有空间能安静地交谈，你们明白吗？”

“我们没听，爸爸。”

他抱怨了几句。她们凑得离他更近了。

“爸爸。”玛丽安叫他。

“嗯。”他闭着眼睛坐着。

“他们好吗，爸爸？”

“谁？”

“刚才在这儿的那些人。”

他睁开一只眼睛，眯着眼睛看她。

“他们想干什么？”她问。

“干什么都不能让妈妈活过来。”他呆呆地说。

“他们想吗，爸爸？”

“可爱的小母鸡，”他说，“小朋友，你为什么不给我们讲讲你的故事呢，汉娜？”

他是如此温暖，他的胸膛就像一个枕头。玛丽安把头靠在柔软的枕头上，他们三人都睡着了。

*

冈希尔德总是唱歌。她的眼睛上像是覆盖了一层油膜。但她看起来很善良。她唱道：“看看窗外的雨点——下点小雨是件好事。”女孩们立刻就觉得下雨是件好事。她们穿着长筒靴蹦蹦跳跳地走着。

她们要给爸爸买一份圣诞礼物，于是去了书店。书店里的书分成两层放在书架上。柜台上放着杂志，最新的杂志放在最前面，但你也可以买到几年前的旧杂志。冈希尔德建议她们买《乌贼》，但玛丽安发现了一本金色字体、红色封面的诗集。书用玻璃纸包着，书商的妻子剪掉玻璃纸，用双手把书放在她面前的柜台上。这本书须得非常小心地对待。“欢迎你来看看。”她说。玛丽安悄声对冈希尔德说，她不觉得汉娜会喜欢这本诗集。“会，她会的。”冈希尔德捏了捏她的肩膀。“她会的，玛丽安，我想她会很高兴的。”

这本书镶着金边。她的食指从边缘滑过，指尖沾满了金粉。她翻开书，在同一秒钟，所有的束缚都释放了。书断成两半。所有书页四散开来。玛丽安抬起头来，书商的妻子立刻意识到发生了什么事。

“哦不，你干了什么，玛丽安？你不能那样去翻一本书。看，现在它已经坏了。”

她拿起散开的书页，试图把它们拼回去。她噘着嘴，但是书页拼不回去了。

“对不起。”玛丽安低声说。

冈希尔德带着汉娜一直在书架旁边，现在她走到柜台前。“质量也太差了，”她说，“这是本不能翻开的书。你应该停售这种东西。”

“哼，我想是她把书页压下来了。”书商的妻子抗议道。

“她拿到书还能干什么呢？”冈希尔德问，“您能告诉我吗？”

现在玛丽安想离开书店，但冈希尔德不肯让步。“您没有更好的书吗？”她问道。

那位女士把一本书又一本书放在柜台上，但玛丽安太害羞了，几乎不敢抬眼看。这些书她都不感兴趣。

“我们需要考虑一下，”冈希尔德最后说，“再见。”然后她牵着女孩们的手，来到街上。“一本你无法浏览的书，”她笑道，“她得把它带到更远的乡下去。”毕亚恩骑着自行车过来了。“马上就到圣诞节了。”他对遇到的每一个人喊道。今天，因为冈希尔德和女孩们在一起，他也对她们喊道。

冈希尔德给女孩们做了晚饭。她们的爸爸不在家。她为她们盖好被子，唱歌给她们听。

“你要去哪儿，冈希尔德？”冈希尔德站起来时，玛丽安焦急地问。

“明天你醒来的时候，我还会在这儿。”冈希尔德回答。

她们能听到冈希尔德在房子里走来走去。她整理盘子时，厨房里会传来叮当声。

第二天早上，冈希尔德站在玛丽安的床边。“我想你可能需要这个，玛丽安。”她说着，递给她一本浅蓝色的书，上面有一个红色的心形挂锁和一把钥匙。

玛丽安翻开书。前面几页纸被撕掉了，冈希尔德告诉她这是她的旧日记本，她几乎没用过。玛丽安高兴得热泪盈眶。她从来没有见过这么小的挂锁和这么小的钥匙。

“能给我吗，冈希尔德？”

“能，就是给你的。”

“我要把它给汉娜吗？”

“不，这是给你的。”

爸爸在平安夜红色的街灯下抱着汉娜回家，汉娜哭着说：“我等妈妈回家都等烦了。”

和她们在一起的是善良的人，但并非对的人。如果妈妈能像以前一样给她们过圣诞节，那就再好不过了。她和爸爸要去点亮圣诞树。最好妈妈能看到现在细细的雪从天空飘落，这多重色彩的天空。哦，妈妈，你的手在哪里啊，玛丽安想。她能感觉到妈妈的手，但它不在这儿。

圣诞节来了又去，而雪会持续下一周半。她们去森林里滑雪，但一看到其他孩子就回家了。那些孩子的喊声听起来像尖叫，吓到了她们。她们变得害羞，也玩不下去了。玛丽安在她的本子上写着字，小心翼翼地用钥匙把红心锁上。汉娜侧坐在椅子的扶手上。

“你在写什么？”她问。

“没什么。”

达尔在城里四处走动。汉娜和玛丽安开始叫他“牙齿”。她们看到他去了好几次阿诺德家，还去了总是喝醉的普斯特·延斯家。她们还看到他按响了一位养小狗的漂亮女士的门铃。她从来不想和任何人说话，但她让“牙齿”进来了。

“你在写什么。”汉娜问道。

“这是个秘密。”玛丽安回答。

尽管汉娜读不懂，但她还是想看看，玛丽安也给她看了看那些字母，然后砰的一声合上书，锁上锁，转动钥匙。汉娜哭了起来。“我什么都没有，”她哭着说，“你刚才坐在那儿，在那个日记本上写字。我也想要一个日记本。”

玛丽安拿出一本没有用过的光面相册，翻开第一页，写下了她所知道的最美的诗句：“思考生活，不要虚度光阴，逝去的日子不复返。”她高声给汉娜读这节诗。

“这是你的日记本。”她说。她不确定汉娜是否会买账，因为相册没有挂锁。但汉娜的眼泪止住了。她拿起相册，在放满马克笔的小桌子旁坐下。玛丽安想看的时候，汉娜就抱起双臂。她在做一些秘密的事情。

现在好比有两条轨道：一条在上面，一条在下面。她们从上层掉入下层。一切都发生得很快，但要怎么做才能让她们回到上面呢？爸爸每晚会讲故事给她们听，他的声音时而喜悦，时而极度疲惫。出于害怕，她们会捏他的脸颊，爬到他身上，摇晃他的身体。“爸爸，你别睡着。”

如果妈妈能来叫她们就好了。如果她能来看看汉娜为葬礼买的新衣服就好了。如果杯子能摞在一起倒放在餐桌上就好了。如果她们回家累得不想脱靴子的时候，她能给她们解开鞋带就好了。

有一天，汉娜宣称她知道凶手的手套在哪里。他们坐在餐桌旁喝牛奶。雪光把厨房照亮了。一点点雪，白白的，发出淡淡的光。那光飘落在墙纸上，悬浮在天花板下，挂在他们中间。不过他们只知道喝牛奶。汉娜说她知道手套在哪儿。

“你肯定不知道。”玛丽安说。

“我肯定知道。因为我亲眼见过。”

“那它们在哪儿呢？”

“在树林里，它们被埋起来了。”

“带我去看看。”

那天，路面上有几厘米厚的积雪，被自行车和雪橇压在人行道和通往森林的小路上。她们能听到孩子们在喊叫。“就在那边。”她们一走进树林，汉娜就说。她们朝一块空地走去，那里曾是她们夏天玩踢罐子游戏的地方。林中空地曾是绿色的，但现在不同了，变得严酷而寒冷。附近总有其他孩子的威胁。

“就在那边的树旁。”汉娜指着一棵树。她们停在树下，低头看。

“是这儿吗？”玛丽安问。

“对。”汉娜有点不确定地说。

“那手套在哪儿？”

“它们被埋起来了。”

“可我没看到任何挖掘的痕迹。”

“那是因为下雪了。”

她们开始在薄薄的雪地上挖着，揭开了覆盖地面的树叶和树枝，直到露出冰冻的地面。

“不对，”汉娜吹掉手上的雪说，“它们不在这儿。它们在别的地方。”

“你根本不知道它们在哪儿。”玛丽安质疑道。

“我知道。”汉娜坚定地说。

她们继续向前走，汉娜在前面带路，玛丽安心情沉重地跟在后面。她们在一个小洞里清除了积雪，但那里也没有任何东西。一只黑色的大鸟立在树梢上，拍打着沉重的翅膀飞走了。玛丽安记得有一天下午，她和爸爸还有另一个男人一起去打野鸡。事后，鸟巢、粉红色的雏鸟和蓝色的子弹壳散落在地上。现在，她仿佛看到那些鸟的翅膀映衬在牛奶色的天空中。

“不对，我们要去黑色的洞。”汉娜说，“就在那儿。现在我想起来了。”

她们向黑洞走去。水和泥土静静地围绕在细长的桦树干之间。不知哪里就会有一簇树枝从水中伸出。汉娜找来一根棍子，开始在水里搅动，捞出海草和长长的黏绳。“不对，”她说，“我们要去那个地方。”她指了指水面。

“我们过不去。”

“不，我们能。”

“你在撒谎！”

“不，我没有。”

“不，你在撒谎！”

“不，我没有。”

“那就告诉警察。”

“我不能那么做！”

“你这个骗子！”

冈希尔德发现她们时，她们都在尖叫。她带着她们回家，脱下她们的雨靴，放到厨房的桌子上。她用温暖的双手按摩着她们冰冷的脚趾。

“你们真是又冷又湿。”她说。

“还累还伤心还笨。”汉娜嘟囔着。

“好了，好了，好了。”冈希尔德柔声安慰，然后用毛巾擦干她们的身体。她唱歌给她们听：“远在普洛普的水槽里，我们听到普洛普的合唱。”

*

冈希尔德为女孩们唱歌时，她的母亲独自一人坐在莫根斯的床边。她今天特地来医院看望他。她在斜对面的公路上等公共汽车，上车后，坐在司机后面的第一个座位上，伴随着人们上车、交谈再下车的嘈杂声，经过一连串小城镇，穿过越来越多的丘陵地带，终于到了瓦埃勒的公共汽车站。从那里，她提着篮子和包步行前往医院。

作为女人，她已经到了容易被忽略的年纪，卷发有些松散，睡觉时还戴着卷发器，头发用白啤酒滋润过，每一根细发都用梳子梳好。她从花园里带来了雪莲花，用湿报纸包着。到了医院，她找到一个花瓶，把花插好。身着灰衣的修女们微笑着迎接她，她们已经习惯了每天在这里见到她。

她在床边的椅子上坐下，开始从篮子里拿东西。一个保温瓶、一个杯子，还有一盒饼干。“今天感觉怎么样，莫根斯？”她问道，“我觉得你看起来好多了，昨晚睡得好吗？”说话间，她在小床头柜上摆放好东西，拿出编织物和《简·爱》，这是她准备和读书小组一起读的书。她倒上咖啡，继续说道：“爸爸向你问好。他很遗憾不能来，但他不能请假；他会看看下班后能不能来。”她看着他，眉头微皱。莫根斯躺在床上，一动不动，身上缠满了石膏和绷带，还有插着的管子和架子。他的一边脸被绷带包裹着，他注射过大量吗啡，似乎陷入了深度睡眠。时不时地，他的眼睑会颤动一下，眼珠会像一条被水流冲走的死鱼一样滑动。

“冈希尔德向你问好。”他的母亲继续说道，“她在照顾玛丽安和汉娜，那两个失去妈妈的小女孩。我们很高兴她能帮上忙。毕竟事情是在我们家发生的。顺便说一句，这些你都不知道。事情发生在同一天晚上。”

她喝了一口咖啡，身体微微前倾，注视着床上的人。她几乎不认得这个陌生的男人了。她掀开羽绒被，看到那红红的、闪闪发光的脚趾和淡黄色的指甲，一点儿吸引力都没有，甚至有些可怜。它们看起来像是被高温烤过，又像是半生不熟或被油炸过。

但她明白，这就是她的儿子。她的内心一片黑暗，心神不宁。愤怒和痛苦紧紧缠绕着她的心，她不敢逃离这些情绪。

这个长不大的孩子，他什么时候才能放开对她的控制啊？

她什么时候才能不再为他收拾残局？他还是个孩子的时候，她常常想，如果镇上只有他和她，一切都会好起来。如果只有他们两个人就好了，如果她的所有时间和力气都只给他，她又会如何看待她的儿子？她会不会因为知道别人认为他粗鲁、讨厌又愚蠢而以他为耻？她会的，她想。羞耻已经成为她身体的一部分，她每天都在为摆脱羞耻而努力。她想，莫根斯已经够好了。但现在她怀疑，他真的够好了吗？小时候，他总想挣脱她的怀抱——没有她的干预，他什么也做不了。他们安慰自己说，他会长大的。而现在，即使是那些从不听闲言碎语的人也知道，镇上的人都在议论莫根斯。他在多丽丝·韦斯特高被杀的那天晚上撞车了。他在附近干什么？他为什么开那么快？他为什么失明了？人们都在谈论现场氨水的味道。多丽丝有没有可能在他杀死她之前设法把甲基化酒精泼到了他的眼睛里？人们这样议论。

在上车的路上，她身后的座位上有人在议论，而她僵硬地坐着，像根针插在那儿。直到那时，她才意识到事情已经成了这样。在此之前，她甚至没有想到这一点。现在，她在考虑事情会怎么发展。她很聪明，意识到人们一旦认定了什么就再也不会改变想法。他们以后要怎么做？他们该怎么办？她不知道。这完全取决于一种超自然的力量，而这种力量只能来自他们自己。

她看着床上沉默的男人。他很古怪，也很笨拙，可他并不坏。她坐在这儿，忧心忡忡。这对她来说，其实很容易。从她成为莫根斯的母亲的那一刻起，担忧就住进了她的身体。在某个疯狂的时刻，她想过摆脱这种担忧。让我一个人静一静！她从床边站起来，看向窗外。灯光在水洼中颤动，穿着深色大衣的陌生人手捧着花束，大步穿过沥青马路。这可能是一座城市，也可能是任何地方。她可能正在冒险，独自一人，自由自在。她想象自己正站在酒店房间里。她刚刚抵达某个地方，飞越高山和城市，降落在某处。她可以做任何她想做的事，甚至不需要知道要做什么。

与此同时，在布鲁森超市的家里，她的丈夫正在店里做最后的巡视。结算完毕，员工们都回家了。谋杀案发生后，店里的顾客比平时多了，但营业额却奇怪地下降了。他走到门前，搬起一箱橘子。这时，玻璃上传来了敲门声。他还在弯腰搬橘子，抬起头看到两个人示意他开门。他直起身子，这才意识到他们是调查组的。他转动钥匙，门开了，寒风灌了进来。筒仓上方是一轮红月。他们和他握了握手，问他是否有时间。

“其实，我马上就要去瓦埃勒探望儿子了。”店主回答。

“一会儿就好。”

“我没有什么要告诉你们的。”

“我们也不需要什么。”

他们走进办公室。他发现窗台上有一盒饼干，就把盖子打开了。“不用了，谢谢。”他又把盖子盖上。“我能为你们做什么？”他问。

“您对多丽丝的丈夫了解多少？”

他惊讶地看着他们。

“不是很熟，”他沉默了一会儿，“现在比以前熟一些了。”

“什么意思？”

“多丽丝活着的时候，我们从没见过他。她过世后也没见过，他不在这儿买东西。但我们的女儿冈希尔德照顾他的两个女儿，所以我们觉得对他有点了解。”

“您对他印象如何？”

“他是个勤劳的人，不多话。对女儿们很好，即使是现在……”

他们点点头。

“多丽丝提起过他吗？”

“嗯，她说过。”

“您还记得她说了什么吗？”

“是的，她谈论自己的丈夫，就像你谈论你的配偶一样。”

“你觉得她喜欢他吗？”

“是的，他们结了婚，还有两个孩子。所以我想她是喜欢他的。”他撕开饼干罐的盖子，再次请他们吃饼干。当他们再次拒绝时，他自己拿了一块。他太饿了，肚子开始咕咕叫了。他想在去瓦埃勒之前进厨房吃顿饭。

“我不明白你们想要什么。”他说。

“我们不放过任何可疑之处，”他们解释道，“这就是我们的工作。您觉得他们之间有分歧吗？”

“就算有，她也没跟我说过。”

“他打过她吗？”

他发出一声惊讶的嗤笑。对他来说，这个问题太离谱了。这就像说闲话一样不对。但他们没有退缩，继续追问。他们看着他的眼睛，他也回望着他们。

“有一回，他让我很不舒服。”他最后说，瞥了一眼手表。已经七点了。他今晚已经去不了医院了。他可以在厨房里吃个煎蛋，喝杯咖啡。

“什么事？”

“多丽丝死的时候我们提着篮子过去，被请进门。他完全失控了，不过如果是我也会和他一样的。”

"发生了什么事？"

他思考。他们等待。他把自己想成了一个不存在的人。随着思绪飘走，他的眼神也变得遥远。

"什么也没发生。"他最后说。

医院里，莫根斯的妈妈也在看表。十分钟后，公共汽车就会开走。她必须马上离开，因为她丈夫今晚看来不会来了。她喝完最后一滴咖啡，盖上饼干盖子，把书和编织件放进篮子里。她和莫根斯坐在一起的几个小时里，尿袋里的尿已经溢出来了。

"我得走了。"她摸了摸莫根斯的手，那手又硬又干。"明天见。愿你永远安好。"她弯下腰亲吻他的脸颊。他睁开了眼睛。那是莫根斯的眼神，深邃而充满探究。她屏住呼吸。仿佛他在用从另一个世界带来的记忆看着她。他还是个新生儿时也是这样看着她，用他那双深邃的眼睛。

这是来自生命的剧烈冲击，是爱，几近迷恋。她不敢动，让自己的脸悬在他的脸上。

现在他闭上了眼睛，他的眼球转到了下面。

她颤抖着拿起篮子和包离开了房间。

*

将近一个小时后，她正穿过博格街，她的步伐轻盈且坚定。楼下厨房的窗户透着温暖的光。她推开门，挂好外套，把篮子放到水槽边。伊勒正坐在窗边，摆弄香肠三明治。她伸手轻拍了他的肩膀，把他吓了一跳。

"我没听见你进来。"他说。

她坐在他对面，脑海中思索着该如何开口。伊勒却先打破了沉默，开始讲述调查组的来访。

“他们二十分钟前刚走，”他一边用茶匙搅拌咖啡，一边继续说，“他们现在去找皮尔。他们怀疑是他。现在他们在逐一询问每个人，想知道他和她是怎么认识的。”

“为什么会是皮尔？”她急切地问道。

“因为他没有不在场证明，是叫不在场证明吧？”伊勒解释道，语气中透着无奈。“他们会坚持到底的。他们不会罢休的。”

厨房里陷入了沉默。平常露丝会说话，滔滔不绝，哪怕是琐碎的小事也能津津乐道。但此刻，她的眼神沉重，嘴唇紧抿，显然因为儿子的遭遇而失去了言语。

她心绪翻腾。她想着失去母亲的两个小女孩，她们是否也将面临失去父亲的命运？她回想起儿子在她不抱任何希望时看向她的眼神，想起冈希尔德，女孩们对她的爱深得那样不寻常。她想知道，没有冈希尔德，她们能否自如地生活？没有父亲，她们又会如何？

她的丈夫心里在想些什么，她无从得知。她缺乏他的机智。虽然他一向寡言，但现在的他显得格外严肃。然而，她对他深信不疑。她伸手触碰他的手腕，两根手指轻轻搭在上面，感受他温热的肌肤。

“你有没有告诉他们，我们认为有人到这儿来过？”她低声问道。

“没有。”他简短地回答。

她知道这是他们的默契，他们不会公开他们的怀疑。

“也许，”她的声音中带着些许决绝，“也许我们应该告诉他们。”

“他们说要仔细调查每一个细节，一切都至关重要。我们没有意识到这一点，露丝。”

他的手腕在她的指尖下显得格外坚实，手表的表带深深嵌入了皮肤。他们的秘密，默默地存在于彼此之间。

“我们开车出城去好吗？”她提议，意思是要去城外的度假屋，调查组就在那里，而她知道他明白她的意思。

“已经九点多了。”伊勒回答。

“还不算晚，九点半之前都还来得及。”

他点了点头，推开了咖啡杯，站了起来。她迅速跑出厨房，穿上了外套。

一场争吵

缇娜泡了一杯茶，带着狗走进了办公室。她坐下时，目光落在办公桌和椅子上，心中泛起一丝温情。这是一把Y形椅，椅背的横杆抵在她的脊椎上，她只有挺直腰背才能舒服一点儿。如果她抱怨，西蒙就会建议她换一把新椅子，但她从未这样想过。她热爱自己的工作，而且不喜欢改变。她对翻译工作怀有一种稳定的热情，这种热情一直在她心中静静等待。

她打开电脑，创建了一个新的文件夹。她的手指先是在键盘上悬了一会儿，很快就开始飞速码字。她全情投入地写作，几乎忘了狗的存在。她的狗静静地在桌子底下趴了很久。然而，此刻它抬起了头，狗牌轻轻摩擦着地板。

“怎么了，小熊？”她轻声问。

狗摇了摇头。

这时，门口传来钥匙转动的声音，门开了。是西蒙回来了。他挂好大衣，把靴子放进鞋柜。多年以前，每当他回家，她都会跑着去迎接他。但现在，她觉得他应该来找她。她跪坐在狗的面前，抚摸它的长毛。如果他进来问她今天过得怎么样，她也不会告诉他。

走廊里传来脚步声，接着是一阵轻轻的敲门声。

“进来吧。”她喊道，同时合上了电脑。

西蒙探出头来。

“怎么这么黑？”他说，“不用开个灯吗？”他一边说，一边打开了房间的顶灯。

“我还没来得及想晚餐吃什么。”她说。

“我看出来了。”

“我马上就去。我记得冰箱里还有冻好的东西，解了冻就能吃。”

西蒙走进了房间，这对他来说有些反常。他坐在扶手椅上，把一条腿放在另一条腿上，脖子向后靠，半闭着眼皮。

“我刚写了点东西，”她随口说道，“我在给索福斯写信。”

“给索福斯？”他抬了抬眉毛。

“只是写了封短信。”

“你没写什么蠢话吧？”

“应该没有。”

“但你可能写了些愚蠢的东西。”

“我觉得没有。每个字我都仔细推敲过。”

“这可不一定，说不定其实正好相反。”

“你根本不知道我写了什么。”

“缇娜，你怎么总是这样发脾气呢？”

“那你怎么总是这样挑衅我呢？”

他重重地叹了一口气，用手抹了抹脸。

“咱们保持冷静，好吗？”他说，“我这话不仅是说给你听的，也是给我自己听的。”但她没听进去。

“你不可能知道我写了什么，”她继续说道，“可能我写的只是完全中立的事情。”

“那是和索福斯有关的事，你中立不了。”

“那可不一定。”

“咱们最好别打扰他。”

“我做不到，他是我们的儿子。”

“对，但他不想知道我们的事情。”

“你确定吗？也许他正在等我们去找他呢。”

“去找他？”

她没有回答。

“你说你考虑了很久，我非常担心。”西蒙说。

“但我告诉你这些话之前，你就已经在挑衅我了。”

“哦，”他呻吟着说，“我真希望我从没来过这儿。有个声音警告我说：‘离远点。’我真希望我听进去了。”

她没说话。

“缇娜，和你在一起，真是一场不错的洗脑啊。”

“别说了。”她恳求道。

“事情都已经到了这样的地步，我几乎能想象到，我的大脑被你从头骨里捞出来，揉搓、翻转、殴打，然后像块破抹布一样塞回去。”

“我不想听你说话。”

“缇娜，它是最破的抹布，已经被洗过太多次了。我的脑子现在只是一块抹布，什么都不剩了。”

“我为你感到遗憾。”

“别再说你那套刻薄的大道理了。”

她打开了台灯。

“我们一直在兜圈子。”他说着，把双脚放在地毯上。黑色的皮鞋锃亮发光，双腿修长，大腿的肌肉很结实。

第二天早晨，卧室里气氛温馨。窗户微微敞开，清新的空气里弥漫着雪的味道。百叶窗拉着，窗外的栗树被雪覆盖，显得粗壮又洁白。街上传来铲雪的声音，路灯下，雪还在下。

天色依然黑暗。西蒙穿着睡衣站在窗边，一只手拉着窗帘绳。听到她的动静，他转过身来。

“早上好。”他微笑着说，“睡得好吗？”

他们相视一笑。

“现在几点了？”她问。

“六点。”他回答。

昨晚入睡前，他们还在彼此怄气。他们平时从不谈论两人之间的分歧。

然而这还是发生了，还好一觉醒来，外面的雪带他们迎来了新的一天和新的希望。

“这个周末去旅行怎么样？就我们两个人。”他说。

“好啊。”她回应。

“我一直在看天气预报。”他说，“天气预报说接下来会下雪、下雪，然后下更多的雪。”他回头看了看窗外，美景让她心中充满柔情。

“你不过来吗？”她问道。

“我们去吃点早餐吧。”他说。她下了床，穿上睡袍，拿起报纸。他们点上蜡烛，煮好咖啡，坐在桌子两边，沉浸在平静之中，仿佛任何事都无法打破这种平静。

*

三天来，雪几乎没有停过。街上人越来越多，自行车道几乎无法使用。步行街上，人们戴着毛皮帽子，嘴里呼出白气，看起来都很开心。河边冒着热气，那是卖坚果和煎饼的小贩忙得不亦乐乎，直到深夜，他们的遮阳伞和雨篷下依然亮着灯。

星期天早上，西蒙和缇娜摸黑开车出城。刚刚还是漆黑一片的天空，下一刻就开始变幻，仿佛在看万花筒一般。天空的颜色不断变化，一会儿是橙色，一会儿是金色，一会儿又变成蓝色。她看着这些色彩，觉得它们美极了，却叫不上有些颜色的名字。

“看地平线。”她说。如果是对别人，她会用“天空”这个词，但西蒙不喜欢那些带有情绪化的字眼儿。他觉得这些情绪过于膨胀，必须加以控制，以免她太过沉溺。

但这次，他握住她的手说：“真美！”

一个小时后，他们看到了大海。他们驱车穿过一个冬季不住人的小镇，路过被积雪覆盖的迷你高尔夫球场和露营地，沿着一条土路驶向海滩。冰已经从海滩延伸到海中，并在海中断裂。冰雪覆盖了长凳、小艇和防波堤，码头的两侧耸立着长长的冰凌。

道路的一边是低矮的房屋，屋顶覆盖着厚厚的积雪，另一边是灰色的仓库和集装箱。那里有一座荒废的炼油厂和一个挂渔网的码头。他们经过沼泽地上的度假屋，来到了一个转弯停车区。他们下车锁好车门，缇娜背上了背包。

两人挤过一片灌木丛，越过一条小溪，来到一片荒原。荒原上既没有房屋，也没有道路，只有石楠丛中一条白色的小径，小径可能是动物踩出的通道，也可能是人工修筑的小路。他们把围巾裹在脸上继续前行。

起初他们觉得冷，但很快便静默下来，因为没有任何东西打扰他们，这种静默仿佛是一种无声的对话。海鸥在风中翻腾，冰缘上成群的鸭子和大雁一动不动。太阳升起，却没有一丝热气。

上午十一点，他们走进一片森林。水边是低矮的橡树丛，但小路旁的树木也越来越多。他们在一根圆木上坐下，从背包里拿出保温瓶。缇娜靠近西蒙，西蒙也让她靠得更近。

“这才是生活啊。”她说。

“是啊。”他的声音温柔而友好。

“我们可不可以偶尔一起出国旅行呢？我想去斯德哥尔摩，去瑞典皇家剧院看看。我们可以一月份出发，在那里过一个周末。你觉得怎么样？”

“听起来不错。”他说。她轻轻捏了捏他的胳膊，他再次握住她的手，像在车里一样。

大约下午一点，他们到达了一个小镇，在一家熏肉店吃午饭。他们享用了鳗鱼、鲑鱼和烈酒，全身暖意融融。他们脱下了滑雪裤和毛衣，只穿着衬衫，浑身都在冒热气。

“我们玩得真开心。”缇娜说。

“再来一杯杜松子酒吧。”西蒙说。

食物和烈酒让他们昏昏欲睡，几乎要强撑着才能站起来。这种状态也成了他们之间的默契。她上厕所时，他耐心地等着，帮她拿着外套，这让她心中升起暖意，因为他完全可以把外套随意扔在椅子上。

回城的路上，他们买了比萨带回家。已经没时间做晚饭了。西蒙发现电视里正在播放电影，于是提议坐在沙发上吃晚饭，氛围因此变得很放松。缇娜一边唱歌，一边把盘子摆好，还想要亲吻西蒙。

西蒙目不转睛地盯着屏幕，手臂搭在沙发背上，轻轻碰了碰缇娜的手。时间已经过了午夜十二点。

“你在想什么？你想去睡觉吗？”她轻声问道。

“不想。”

她突然站起身，快步走进浴室，花了很长时间洗漱。整整一天，她的大脑都在飞速运转，以至于现在她几乎无法将注意力从刷牙转移到卸妆上。她在浴室里站着，不知道等会儿应该向左转还是向右转。

最后，她关上浴室的门，向右转，走向卧室。然而，在半路上她又停了下来，转身走回了客厅。客厅的灯依然亮着，电视机开着，不过静音了。西蒙不在。她敲了敲他办公室的门，然后推门进去。

“嗨。”她轻声说。

“嗨。”他缓缓地回应，抬起头看了她一眼，然后又低头看向屏幕。

“你在干什么？”她问。

“你想干什么？”

“我只是想看看你在做什么。”

“嗯，现在你看到了。”

“我只是想说晚安。”

“晚安。”

“你一会儿要来睡觉吗？”

他叹了口气，说：“老实说，今晚我们度过了一个不错的夜晚。”

“我也这么觉得。”她急忙接话。

“难道我们就不能安静一会儿吗？你真的非得一整天都需要我陪着你吗？”

“对不起。”

她悄悄退回走廊，走进卧室。房间冷得像冰窖，她没有开灯，而是摸黑脱掉衣服，内衣的扣子仿佛在戏弄她，她再次把自己脱了个精光。她很生气，因为她想到已经很久没有为西蒙脱衣服了。有时，她想通过发泄怒气来解决问题。她确实会这么做。

她试过换上漂亮的内衣，试过变美，试过变得才华横溢、善良又充满爱心。她试过变成一个风趣、淘气又狂野的女人，但所有的努力最终都以失败告终。无论她再怎么想忘掉那些尴尬的瞬间，她都始终无法摆脱回忆。她真的想要那样的生活吗？她站在那里，看着自己身体上的肉和肌肤，突然想到，等她到了五十岁，她注定会是一团不灭的火焰。

她在床上辗转反侧，反复醒来。凌晨一点半和两点一刻，她去了两次卫生间。两点半，她走进办公室，发现他仍然坐在椅子上，电脑放在膝上。

“你还不去睡觉吗？”她问道，“已经很晚了。”

“去，我现在就去。”

电脑屏幕的光映在他的眼中。他关上电脑，走向浴室，锁上门。他只在里面待了一小会儿，很明显没有洗澡。他走进卧室时，她背对着他。他在黑暗中脱掉衣服，躺下，掀起羽绒被，弯腰轻轻亲吻她的头发。

“晚安。”他低声说。

她没有回应。几分钟后，他的呼吸逐渐平稳，她突然转过身，希望他能注意到她的不安。然而他没有任何反应。她坐起身来，开始猛击枕头。

“你就不能躺着别动吗？”

她更加用力地拍打枕头。

“你怎么了？”

“你太冷漠了。”

他叹了一口气。

“你难道不知道夫妻之间应该有亲密关系吗？”

“缇娜……”

“这就是夫妻和别人的区别，身体的亲密让他们不同于朋友，不同于兄妹，也不同于邻居，亲密让他们成为夫妻。”

他笑了。

“这可没什么好笑的。既然你这么讲究责任和义务，那我也不在乎你愿不愿意了。这就是你的责任，可是你没有尽责。”

他把手放在她的胳膊上。

“有一天我要翻译一个关于接吻的句子，要描述亲吻一个男人的嘴唇的感觉。那种感觉我曾经非常清楚，那时你会在凌晨三点把我弄醒，我能用一百种方式来形容亲吻的感觉。但那天我突然做不到了，我忽然发现我应该是快死了。”

“我觉得你应该小点声。”

“我痛苦！我悲伤！但你听我讲，有个男人想和我上床。虽然我们还没上过床，但我可以告诉你，快了。”她喝了一口水，感觉他手上的力道变重了。

“你听我讲这些有什么想法吗？”她问。

“我不喜欢。”

“很好。”她冷冷地说。

她下了床，走到窗前。“不，”她说，“我说错话了。我只想和你在一起，我只是随口说了几句而已。”

他发出了一声轻微的叹息。

“是你的错，我不是故意的。”

“过来。”他说。

她打开灯，靠在窗台上，双手交叉看着他。“你觉得我们该怎么办？”她问。

“我们之间应该多一些亲密。”

她把目光瞥向窗外。“那就过来，给我脱衣服，让我知道你是认真的。”

但他还是低着头。

“让我知道你是认真的。”

“别逼我，你这样是不会有任何结果的，”他说，“你不能强迫一个男人和你亲密，这样只会适得其反。”

“你就是不愿意。为什么要惩罚我呢？”

“你的脾气太急躁了，缇娜。我觉得你应该冷静一下。”

“但你会和我亲密吗？”

“不会。”

“你自己知道啊。”

“我很久以前就没有欲望了。”

“哎，我什么都做不好。”她哭着说。

“不是的，现在我们总算有了一些自知之明，”他说道，“想点别的，缇娜。就当帮我这个忙。”

“哦，你太可悲了，”她抽泣着说，“我真为你难过。”但同时他的话和她积攒的怒火再次涌上心头。“你说‘很久以前’，你知道已经过去多长时间了吗？现在你又说要等很久。很久是多久？一年？还是两年？”

“别喊了。你能不能别像个孩子一样。我们楼上楼下都有邻居。”

“对啊，中间还隔着很厚的地板和天花板呢。”

“他们能听见。”

“我才不管呢！”她喊道。接着，他从床上跳起来，冲出去关上窗户。

“你不把窗帘也拉上吗？这样就肯定没人能听到我说话了。”

“好吧，你觉得有用的话就去拉上吧。”

他走向她，她用力推开他，他踉跄地倒向床边。他站起来，瞪着她，眼神中带着一丝不甘。

“别碰我，”她嘶哑地说，“走开！我不想再看到你！”

她掀开羽绒被，走进索福斯的房间，躺在他的床上，把鼻子埋进他的床单里。他已经很久没回来过这个房间了，但她没有改变房间里的陈设。她的怒气逐渐消退，剩下的是内心深处的寂静。

她的喉咙仿佛被什么东西紧紧缠绕着，满是说不出口的话。似乎所有她能想到的出路都通向绝望。

生活有时会变得如此丑陋，以至于你只能感受到丑陋。爱竟也可以如此丑陋。

“黑夜已经过去了，”她低声自语，“黎明的曙光正洒向大地。”

她想有一座小房子，房子要带一个小花园，还要养只小动物。到那时，她的花园里开满了花。而她一边读书，一边在花园里劳作。还会发生什么呢？会有人来看她吗？不，不会有人来。

曾几何时，他们的爱、希望和信仰都还在。他们仿佛存在于一种羞怯与温柔中，知道爱会在某个时刻到来。他们相遇的那一刻，仿佛会用双臂将彼此环抱，心中默念："我的爱，我的希望，我的信仰——这一切都真实存在。"

她站起身，迈着僵硬的步伐穿过走廊，进入卧室。她一进门，西蒙便从床上坐了起来。

"你醒了吗？"

"嗯。"

"抱歉，我刚才太刻薄了。"

"过来吧。"

他拉起她的手，轻轻放在自己的脸颊上。他的脸颊比二十年前更加柔软，她喜欢他的脸颊、他的嘴、他的眼睛，甚至他的气味，每次都让她无法抗拒。她对他的爱深藏在她的身体里。

"我放不下对你的感情，"她轻声说道，"我常常决定不再在乎你，但我做不到。"

他用双手握住她的手。

"过来。"他说。

她顺从地爬进他的怀里，把脸藏在他的肩膀和脸庞之间。他用手轻轻搂住她的背，将她按在自己身上。

"好了，"他低声说，"我想咱们已经吵完了。"

疲倦将两人笼罩。他很快便睡着了，而她缓缓挪动手臂，感觉到他柔软的阴茎在她的掌心下轻轻滚动。

疲倦、温柔和爱交织在一起，渐渐让他们进入梦乡。她想到，明天她可能会是唯一记得这份感觉的人，记得这重新建立起来的纽带，有时它仿佛会溶解成酸性物质和空气，看不见也摸不着。

给安妮的明信片

十八岁到十九岁的那一年，米娅住在位于奥托鲁斯街的一间阁楼里。她刚刚开始攻读北欧语言文学专业。能和两个女孩儿一起分享这个市中心的公寓，她感到幸运极了。室友鲍迪尔是个基督徒，在高山区的牧师学院读毕业班；安妮读双语通信专业。她听说很多学生不得不独自居住在维比或提尔斯特地下室，她真的很爱这间宽敞明亮的阁楼。站在阁楼的窗户旁，将上半身伸出窗外，她就能望见特罗伊堡的红色屋顶、远处的森林和波光粼粼的奥胡斯湾。她将倾斜的墙壁刷成了纯白色，书桌、书架和椅子也都刷成了白色。地板上只放了一张简单的床垫，简洁而实用。她还有一个小玄关，里面有一个大衣橱和一面镜子。玄关通向公共走廊，那里有和其他两人共用的洗手间和小厨房。她对这种合租生活感到很满意。一次，她向学习小组的一个男生提到“集体”这个词。他参观她存放物品的晾衣阁楼时，看到了她的冰箱，他问：“你们为什么有三个冰箱？”她解释说，那是她从前任室友那里买来的，只花了100克朗。事后，她对这个回答的正确性产生了怀疑，不仅仅是这一件事：那是一个重要的时刻，仿佛有什么东西从她手中丢失了。

那个夏天，当她在父母家的花园里粉刷桌椅时，她感到自己正在蜕变成一个全新的人。高中时，她意识到自己很会读书，于是在高三结束后毫不犹豫地选择了直接上大学。父母建议她先去看看外面的世界，米娅却问："什么世界？奥胡斯难道不算世界的一部分吗？大学不算吗？我不想浪费一年时间做我不愿做的事。"

"做你自己想做的事就好，亲爱的女儿。"他们答道。那时她觉得，父母对她的目标明确很欣慰。"好像你知道你在做什么一样。"她常常想象自己站在小走廊的镜子前，梳理头发，然后拿起包包，急匆匆地奔向街道，脑海中满是未来的重要事项。然而她仍然既清楚又迷糊。许多事情都似曾相识，带着愚蠢、尴尬和隐秘的快乐。早晨的阳光照在墙上，她也醒来了。今晚外面安静了许多，她甚至不必离开床垫，就能看到窗外飘落的雪花。那天是二月二十一日，她得起床，去参加学习小组的会议。

她的房门响了三下，是安妮要出门了。她每天早晨都这样告别。鲍迪尔还在房间里。米娅能听到她在走廊上赤脚走动的声音。鲍迪尔总是赤脚穿着凉鞋，每晚只睡四小时。她骑男式竞速自行车，她的眼睛是那样蓝，以至于人们在见到她时，会以为她是个善良聪慧、闪闪发光的了不起的人。

米娅赖在床上，直到再也不能拖延。她从衣柜里找出干净的内衣，走进了浴室。浴室很小，洗澡时她不得不把一条腿搭在马桶盖上。洗完澡后，她用浴巾裹住腰部，急忙走回房间穿衣服。她把书和文件夹塞进书包，仔细梳好湿发，然后去厨房泡茶。

鲍迪尔在厨房里。她疯狂地刨着奶酪，把切成三叠的奶酪片放在锡纸上。米娅认出了这些奶酪片，是她昨天刚给自己买的，经过鲍迪尔的处理，现在已经出现了一个弯曲的缺口。冰箱里的东西已经不是第一次消失了，但米娅没有选择反抗。

“早上好。”她说。鲍迪尔看了她一眼，继续磨奶酪。

“哦，你今天去学校吗？”鲍迪尔头也不回地问道。

“我有个学习小组会议，”米娅说，“十点钟。”

“行吧，你以为我在乎吗？”鲍迪尔轻笑道，嘴角带着些许无赖的神情。米娅垂下了眼睑。鲍迪尔拿了几片奶酪，合上锡箔纸，塞进包里。“我只是路过，”她补充道，“我今天有点儿小忙，因为我的学习小组也要开会。我还得去牙医学校矫正下巴，免得再脱臼。他们现在觉得我有趣极了。哈哈。”鲍迪尔转身，露出白色的大门牙，一边笑一边离开了走廊。米娅待在厨房里，一听到前门被关上的声音，她就把水壶装满水，放在炉子上，嘴里嘟囔着“白痴”，她可能既在责怪自己，也在骂鲍迪尔。

茶泡好后，她站在厨房的桌子旁喝茶，透过阁楼的小窗户注视着白茫茫的天空。马上又要下雪了。她本打算吃过早餐再出门，可她现在已经没有了胃口。她想：“人怎么能决定别人做什么呢？”这个问题太过复杂，如同烟火在她脑海中一闪而过，她无法捕捉，只感到困惑。

她出门时，时间接近九点四十分。她站在街上，决定放弃骑自行车去学校。特罗伊堡的车流在雪堆中缓缓移动，而雪带给她的是愉悦。

她觉得，现在这座被白色包裹的城市似乎不那么可怕和陌生了，与鲍迪尔的争执似乎变得微不足道。她心中有种感觉，总有一天，她会在某个地方找到自己的归属。

她登上一辆拥挤的公共汽车，在市政厅下了车，从那里可以继续前往维比。天空灰蒙蒙的，还下着小雪，但交通已经成了一团糟。她意识到自己能顺利到达这一站已经非常幸运了。候车亭里挤满了等待的和观望的人群。偶尔会有一辆满载的公共汽车呼啸而过，车上的人们会开玩笑说自己上班的路已经走了很久。一位女士在这里等了四十五分钟，另一位则等了一个多小时。乘坐公共汽车的男人不多，只有一个男孩专注地看着报纸，可能和她一样是个学生。

她站在寒风中，一位老太太轻快地从人行道上走过，花白的头发竖在脖子后面。老太太步履坚定，几乎在人群中穿梭自如，目光直视前方，似乎不在意路面的湿滑寒冷。她的大衣敞开着，在她身边飘动。从远处看，就像是一件夏天的薄外套。

她脚上穿了什么呢？米娅的眼睛无法从她身上挪开。她发现她穿着一双轻便的开口鞋。这双鞋让她想起了小时候穿过的深蓝色皮拖鞋。那双鞋子显然已经被雪水浸透了。老太太的“大衣”其实是一件大花缎面绗缝的睡袍，上面印着粉色的牡丹和绿色的叶子，乳白色的背景衬托得花纹格外醒目。

她的心跳开始加速。米娅环顾候车亭里的其他人，想知道是否有人对此感到警觉，但似乎没有人在意。有的人在谈笑，有的人沉默地等待，男孩还在看报纸。也许老太太只是匆忙跑了一趟。她提醒自己不要过于紧张。过度担忧只会使情况变得尴尬。她努力让自己保持冷静，尽量显得成熟稳重。

老太太的睡袍没有扣好胸前的扣子。这时公共汽车终于来了，看起来像是要停在路边。至少它减慢了速度。人们开始向人行道移动。是的，车打了双闪灯，停在了路边。米娅也跟着人流前进，几乎走到了公共汽车的门前。然而，就在她准备踏上台阶时，她转身看向了人行道上等车的人群。

这时，老太太已经走到候车亭旁边。米娅发现她光着腿，穿着拖鞋，而且她的腿的确湿透了。看到老太太站在寒风中，她决定上前帮助。

“我能帮您什么吗？”她问道。

老太太目光空洞地看着前方，回答道：“不，不用了，谢谢。”

“今天天气很冷。”米娅说。

老太太仍然没有回应。

“您不冷吗？”

老太太依旧保持沉默。

“如果您愿意，我可以送您回家。您住在哪里？”

老太太说了一些米娅听不懂的话。米娅只得小跑着跟上。

“您说什么？”

老太太又说了一些她听不懂的话。

“您要去哪儿？”米娅问道。

老太太的目光依旧凝视前方，显然她希望自己能一个人静静地待着。她不想回答米娅的问题。

“您要去哪儿？”

人们在人行道上从她们身边经过，米娅觉得自己越来越愚蠢，越来越尴尬，越来越像个小市民。她意识到，如果这位女士想穿着睡衣去散步，那是她的选择。然而，她还是忍不住再次问：“您要去哪儿？”

“就在这儿。”老太太的回答模糊不清，米娅几乎听不懂。

“好吧，那我就不打扰您了。”她尴尬地微笑了一下，然后停下了脚步。老太太没有回头，继续向前走。然而，米娅站在那里，直到看到老太太的身影消失在拐角处，才缓缓回到公共汽车站。此时已经是十点二十分。

她知道自己几乎赶不上学习小组会议了，但她还是站在原地，脑海中不断浮现出那位老太太的身影。她松了一口气。如果那位老太太需要帮助，她该怎么办？如果她要跟着她回家，她又该怎么办？她的脑袋里一片空白。她凝视着拥挤的街道，发现一辆新公共汽车正在减速并发出信号。是开往维比的五路公共汽车，人们再次拥挤在人行道上，这一次，米娅也跟着他们一起上了车。

公共汽车起步后，她坐在后排，靠着车窗挤在人群、购物车和婴儿车中间。紧挨着她的是刚才那位看报纸的男孩。米娅小心翼翼地不去看他。她用手套擦了擦车窗，但上面很快又起了雾。车里弥漫着湿衣服和陈旧烟草的味道。公共汽车驶过火车站大街后不久，突然发生了一次剧烈的颠簸，好像整个车厢都快要翻倒在地。颠簸从车厢的中间一直传到车尾。乘客们相互搀扶，有的大喊大叫，有的则哈哈大笑。公共汽车突然停了下来，有那么一秒，一切都安静下来。随后，前门打开，司机跑了出去。米娅又擦了擦车窗，透过雾气，她看到外面的人们开始聚集，伸长脖子，议论纷纷。

“怎么了？”米娅问一位女士。乘车途中，她的前臂不小心碰到过几次那位女士的脸。

“我不知道，”那位女士回答道，“好像被撞了一下。”过了一会儿，她又说，“他们说有人被撞倒了。”

“有人被撞倒了？”

“他们是这么说的。”

“很严重吗？”

那位女士耸了耸肩：“我不知道。”

在接下来的几分钟里，讲话声渐渐活跃了起来。司机去向不明，有人尝试按下后车门的紧急按钮，一些乘客从后排和前排下了车。冷空气涌入车厢，车厢里，过道和座位渐渐空了出来。米娅走到前排坐下，把脸贴在窗户上。外面有两个人跑来跑去。雪下得很大，硬硬的、圆粒状的雪斜着吹过马路，交通几乎停滞。一辆汽车逆行驶过人行道，雨刷器全速运转。远处，救护车的鸣笛声渐渐逼近。人们纷纷下了车。米娅站起身，径直走到车前。现在，她可以看到许多人挤在车的散热器前，目光都集中在一个特定的点上。她可以确定——出事了。

她并不认为自己是一个好奇的人。她只是一个十九岁的女孩，举止温和可亲，不喜欢哗众取宠。尽管如此，还是经常有一些人因为某种不可告人的原因来找她，提出要和她约会，亲吻她，好像这是她无法拒绝的好意。她没有拒绝，但她也没有答应。她在他们的惊叹和疑问中，用蹩脚的借口悄悄溜出了为她敞开的第一扇门。他们还没有意识到出了什么问题，而她，这个安静的、长着苹果脸的女孩，突然挣脱了束缚。

她知道，从高中开始，同学们就一直在说她，说她太好骗，太容易上当，总之，太可爱、太天真，这让她很不高兴，因为他们竟然用如此表面的东西来评判她。她觉得自己被一种发自内心的强烈的愤世嫉俗所吸引，这种愤世嫉俗让她看透了身边的人，也看透了自己。她因此对自己十分苛刻。她从不说三道四，也从不盲目从众。她很少为了自己的轻松愉悦而做事，她人生中只给自己买过唯一一件首饰。那是1983年1月的一个早晨，在奥胡斯的M.P. 布鲁纳斯街。

可她还是下了车。

就在她踏上人行道的那一刻，一位老太太转过身来，激动地对她说："她直接跳到了前面！直接跳到了前面！"

"谁？"米娅问。

"那位女士。"老太太说。"他没机会避开。"她接着说，抓住米娅的胳膊，靠在她身上。"真恶心。"她说。雪像冰雹一样坚硬，陌生人的手指钻进了米娅的衣袖，似乎永远都不会松手。米娅感到右侧太阳穴一阵剧痛，就在眉毛上方，她挣脱束缚，往前走了几米。警笛声很近，此起彼伏，然后消失了，空余一片寂静。她听到一扇门打开，更多的门打开，一副担架抬了出来，人们被推回到人行道上，但米娅把自己贴在公共汽车的散热器上，仍站在原地。她看到一个人影被抬起来，身上裹着毯子和大衣，连头都看不到。她从未见过这样的场面。她的心怦怦直跳，仿佛要把她吓得魂飞魄散，要把所有的恐惧都从她身体里赶出去，但又仿佛是在提醒她，如果心跳得足够吓人，事情就会变好了，就什么都没发生，就是这样了。一名医务人员无意间轻轻碰了一下毯子，一片牡丹图案的乳白色布料露了出来。就在那一瞬间，米娅转过身去，因为她要吐了。但她吐不出来。她踉踉跄跄地走到人行道上，抓住一根灯柱。当担架被抬上救护车时，她的身体一沉再沉。她站在那里，眼角的余光看到一双穿着黑色牛仔裤的腿正向她走来。

“你还好吗？”一个声音问道。

“很好。”米娅吞吞吐吐地说。

“进屋坐一会儿吧。”

她点点头，但没有动。

“你得喝点东西。”

她抬起头，发现是公共汽车站的那个男孩。他用一种清醒而挑剔的目光看着她，他看的不是她，而是她现在的状态。如果是之前那个习惯埋怨、猫头鹰一样抓着她不放的老太太，她肯定会立刻答应。但这个人，她跟不上他。

“我很好。”

“你脸色白得像具尸体。”

“我很好。”

“看起来不像。”

情况开始变得尴尬起来。她放开了灯柱。

“好吧。”她说，“行吧。”

他带她去了附近的一家咖啡馆。里面非常明亮，仿佛街上所有的雪都聚集在了店里的镜子和白色桌布上，米娅的头痛更厉害了。恶心的感觉再次袭来，她好想躺下。身边那个男孩已经消失去了吧台，他正在往托盘里放东西。她闭上眼睛，刹那间，仿佛发生的一切都消失了。一股强烈的疲惫感涌进她的身体。

“你现在怎么样？”那个声音问。

她没有回应。

“你还好吗？”

她做了个鬼脸，意思是：“等一下。”

“你好，有人在家吗？”

她不喜欢这种语气，睁开了眼睛。他站在那儿，端着托盘，目光挑剔。

“在。”她生气地说。

“这里有咖啡、果汁和面包。”

他在她面前放了一个杯子和一个盘子，还有一个面包卷。

“吃一口吧，”他说，“吃一点。”她仍然感到尴尬和不快。她咀嚼时，食物在她的嘴里越嚼越多，她惊恐地发现自己在流泪。

“喝点果汁吧。”他亲切地说，把杯子举向她。

“谢谢。”她喃喃地说，不敢抬头，生怕被人看到自己流泪。

时间在沉默中流逝，她边吃边喝，他坐在一旁，小口啜饮着一杯咖啡。“你感觉好些了吗？”

她不想回答，但他似乎并不需要她的回答。

“你的脸色好多了。”他满意地说道。她真的感觉好多了，内心那种天生的友好冲动也在慢慢苏醒。

“你没有要去哪儿吗？”她问道，“我是说，你有时间坐在这儿吗？”

“我正要回家。我就住在附近。”

“那你不回家吗？”

“我哪儿也不去。别担心。”

“我不想麻烦你。”

他笑了笑。她端起咖啡杯，略带鄙视地看了他一眼。她与男人相处的经验仅限于为数不多的几件事。比如，她意识到，如果他带她回家而不是到这家咖啡馆，她就会觉得自己必须和他上床，以此报答他的恩情，她很庆幸事情没有发展成那样。她总共和两个男人在一起过，最近一个是索恩，就是他对她指出那三个冰箱的。学习小组会议结束后，其他人都回家了，他们独自坐在他的房间里，十一点多的时候，他们喝了一瓶酒，米娅觉得只有这样才能体面地回家。他剥掉了她所有宽松的衣服，睁大眼睛看着她的下半身："嗯，你看起来棒极了！"他惊叹着，这句话和说出这句话时突如其来的温柔留在了她的心里，无法释怀，仿佛充满了刺痛。她以前从来不知道，一句赞美能使人如此羞愧。

"你原本要去哪儿？"他问。

她对他讲了她的学习小组。

"你不用过去吗，或者打个电话？"

"不，我今天应该不会去了。"

"哦！"

"那位女士，她死了，"她继续说，"他们说是一位女士跳到了公共汽车前面。或者我是说，她跑到公共汽车前面去了。"

"嗯，我能明白。"

是的，当然了。他离她不近不远，语气不疾不徐。米娅的内心却如火焚般激动。

她缄默，想寻找合适的、冷静的话语继续说这件事，但她感到，这些话语与她内心的混乱完全不搭。他抢先了一步。

"你受了点惊吓。"他说，"我再给你倒杯咖啡。"

他走后，她从包里找出一张纸巾，半弯着身子靠在椅子扶手上，默默地擤了擤鼻子。然后，她直起身来，心中已经下定了决心。

“我刚才看见她了，”他回来时，她迅速补充道，“嗯，不是她冲到公共汽车前面之前，而是在我们等公共汽车的时候。她穿着睡袍和拖鞋走过来。你没看见她吗？”

“没有，”他说，“没，我没有。”

“其实我跟她说过话。我跟在她身后，但她不肯跟我说话。”她尽可能平静地讲述了一切，尽量描述那位女士奇怪的决心。“她好像要去取什么东西，”米娅说，“我觉得自己很蠢，不该插手。”她唯一没说的是，当她意识到老太太不需要她时，她松了一口气。

“她患了阿尔茨海默病。”他说。

“你这么想？”

“不管你有多忙，你都不会在这样的天气里穿着拖鞋上街。”

“是啊。”

他们停顿了一下。

“我都没想到这种可能。”过了一会儿，米娅说，“不对，我看到她时自然想到了，但因为她回答了我，而且看起来很……可她是从哪儿来的呢？那些本应该照顾她的人呢？”

“我猜她是离家出走了。”他说，对她露出了令人安心的微笑。米娅也笑了，仿佛一只黑色的手松开了对她内心的控制。

“所以你不认为是自杀？”

“不是。”他略微沉思了一下。“不是，”他重复道，“我认为她是一个离家出走的糊涂可怜人。我想她当时在漫无目的地四处游荡，没有意识到自己正在穿过一条繁忙的马路。嗯，我觉得她没有。从你的描述来看是这样的。”

“那又怎样？”她说，现在她和他在一起很自在，可以说出她一直想说的话，也可以说出她想对学习小组的索恩说的话。当然，如果人们看起来不是那么异乎寻常的痴迷和虚伪的话，她也可以对所有人这么讲话。这个人看起来很真诚：“你觉得我能做些什么吗？”

“能，当然能。”他说。

“是吗？”她惊愕地问。

“是，你当然可以。这就叫作公民责任。你将来是要学会的。”他直视着她，冷冷地。她想着，脸颊顿时红了。

“好吧，你也只是站在那儿看书。”她抢着说，“你连试都没试。你连一根手指头都没动过。”

“我们说的不是这个。”

她本能地做出了反应。没有说再见，也没有感谢他的帮助，甚至没有回应他最后一句话，就推开椅子站起来，头也不回地离开了咖啡馆。

她冲上人行道，没有看路，撞到了一个转身看她的路人。她没有意识到这一切，因为她的脑海里满是咆哮的黑色泡沫。太不公平了！他拒绝和她说话，还对她评头论足。他自己呢？他自己呢？她边走边大声说：“那你自己呢？你自己呢？你做什么了？做什么了？我要吐你一身！真的！”她走到一个红绿灯前停了下来。车流在她身前穿过，一股力量迫使她前进。但绿灯亮起时，她却没有过马路。有人轻轻推了她一下，又轻轻将她拉开。突然间，她的双腿几乎动弹不得。这是她人生的一个转折点，她想着别的事，都没有意识到。从来没有人像这个陌生的、乐于助人的、连名字都不知道的家伙一样让她感到如此羞愧和愤怒。她想起了他递给她的那杯果汁，想起了他一开始是如何把她当成一个改造实验对象来研究。她想到他的微笑让她向他倾诉，她想到他是如何告诉她，他没事做，因为他正在回家的路上。现在她突然意识到他撒了谎。如果他住在布鲁纳斯街，又在市政厅等公共汽车，那他应该是在出门的路上。

那他为什么要说相反的话呢？

为了让她放心。

为了表示友好。

因为他想和她在一起。

这就是答案。

*

二十年后一个秋天的傍晚，她开车经过奥胡斯。她从这个国家另一个区域过来，已经开了很久的车。她要去里斯考的图书馆办讲座，八点之前得吃点东西。她已经有些迟了。她本想早点到，但高速公路上出了事故，他们改了道。现在是七点一刻。她还有时间找个地方吃饭。

她已经很多年没来过这里了。除了沉睡的记忆，现在的她和这座城市没有任何联系。那些记忆正慢慢苏醒。现在是十月，天已经黑了。从高速公路下来，她拐错了弯，最后开到了高山区。车子穿过森林，一直开到海边，海水是墨蓝色的，波涛汹涌。月色渐暗，但仍近似圆月。有那么一瞬间，她觉得自己似乎可以继续驶过月亮桥。她说："我以前从未见过这样的景象。"她还保留着以前的习惯，一件事给她留下深刻印象时，她会大声说出来。随着时间的推移，她听到的不再是爆发性的、半喘着气的绝望话语或充满仇恨的单音节词，而是有条不紊的、得体的句子，就好像身边一直有一个友好的伙伴。

她驱车沿着达尔加斯大道，沿着M.P. 布鲁纳斯大街行驶，经过干净的金色火车站，拐过音乐厅。她开着车，要找个地方吃饭。她几乎已经忘记了这件事，一心只想着故地重游。走到弗雷德里克大街的半路上，她想起了那家咖啡馆，当即决定进去吃饭。她没指望能吃到除了三明治或沙拉之外的东西，不过没关系，反正她也没时间吃晚饭。她沿着火车站街拐了个弯，再次来到布鲁纳斯街时，放慢了车速。她想开多慢就开多慢，因为这条街上的车不多，她不用费心。她觉得自己记得咖啡馆在什么地方，但当她经过那里时，发现那里只有一家杂货店和一个小卖部。她把车停在路边，下车，锁上车门，抬头仰望。奥胡斯的天空美不胜收。成群的海鸥在屋顶嘶鸣，一种熟悉的感觉在她心头萦绕，就像一种渴望，一种战栗。她喃喃自语道："我只想出去走走。"

她走到下一个街角。红灯亮着，但是没有汽车经过。她穿过马路，一边继续前行，一边左顾右盼，看着沿途的每一扇窗。那些熟悉的和陌生的景象在她眼前闪过，但那家咖啡馆却始终不见踪影。最后，她只好无奈地放弃，走回车旁，坐了进去。她已经不再感到饥饿，更重要的是，她还有事情没做完。想到那个小心翼翼的女孩，她的心里涌起一阵莫名的疼痛，那种容易被人指正的感觉依然让她心烦。真是好久不见啊。她眨了眨眼睛，转过约翰纳斯－比约斯街，咖啡馆就在那儿，灯火通明。就是它了。

店内空无一人。她一度以为他们已经打烊了，但她去拉门时，门却顺利地打开了。她还记得他们曾经坐过的那张桌子，便把大衣和包放在桌旁，走到吧台前点了一份俱乐部三明治、一杯矿泉水和一杯茶。她坐下后，发现地板有些破旧，而桌椅已被换成了新的。她记得那个男孩穿着黑色牛仔裤、绿色衬衫和一件墨蓝色的Zacho牌针织衫，标签就绣在袖口。她回来时，他还坐在桌边，报纸掉在地板上。他静静地转动着手中的杯子，直到她走过来时才抬起头，整张脸瞬间一亮。他站起身，两人紧紧拥抱在一起，这个拥抱持续了很多很多年，他的怀抱。

若是她知道接下来会发生什么，她又会怎么做?

最初的激情岁月过后，她开始感到疲惫，选择了逃避。是的，一旦不堪重负，她就会变得像个孩子，直到羞愧不堪时才有力气再次尝试。后来有一天，一切都结束了。她不想再感到羞愧，于是离开了那个男人。他在这些年里也变成了一个满脸倦容和失望的成熟男人。

她会不回头地继续穿过红绿灯吗?这是个傻问题。她当然不会。年轻女子渴望生活、渴望爱情、渴望重生。跑回咖啡馆时，她已经筋疲力尽。哦，别让他走，让他留在那儿。让他留在那儿吧。

后来的事都藏在了那个怀抱里。他们快要长大成人的孩子也藏在那里。

三明治和饮料送来了，她却什么也吃不下，只喝了茶。她并不担心即将到来的夜晚，因为已经做好了万全的准备。

然而时间还是会过去，已经七点二十分了。她付了钱，回到车上，向北驶过市中心。突然，一个冲动让她在墓地拐了弯，一直开到奥托鲁斯街92号门前才停下。门当然锁着，现在每栋楼的大门都装了锁。这时，两个女人从楼梯间走了出来，问她是否是来拜访某人。

“我以前住在这儿。”她解释道，“如果可以的话，我想看看这儿的顶层。”

“当然可以，请随意。”她们亲切地说，然后大笑着离开了。她们的脚步声渐渐消失在远处。她自己则停在走廊门内，茫然地看着这一切。墙壁的底部是淡黄色的，顶部是白色的，栏杆则是鼠灰色的。

片刻后，她回到车里，踏上了当晚的行程。除了必须完成的事情，她什么都不去想。她已经习惯了这种缓慢的自我放空，仿佛这种状态会自行发生。她目光空洞地注视着道路、骑自行车的人和她身后的一辆汽车，但她与它们毫无关系。她感觉自己像在看一部无趣的电影，而她自己却半梦半醒。她既不在这里，也不在那里，不在任何其他地方。就在她拐进图书馆前的停车场时，她发出了一声轻笑，惊醒了自己。她偶然发现了多年来被隐藏和遗忘的记忆。

在公共汽车事故和同奥维第一次见面后的那个晚上，米娅回到家时，肚子饿得咕咕叫。

她直奔冰箱，找出一块黑麦面包和剩下的奶酪。从早上到现在，这些东西都没有动过。她轻轻推开鲍迪尔房间的门，发现鲍迪尔正弯着腰趴在桌子上，台灯下，她那略显油腻的黄色卷发在灯光中显得格外显眼。房间里传来一阵奇怪的声音。米娅意识到，自己仿佛仍在布鲁纳斯街，奥维的小公寓里，仿佛一天的漫长光辉、温柔和缠绵仍在继续，仿佛她一边拿着奶酪走来，一边还在回忆着那段经历。她推门走了进去，发现鲍迪尔背对着她坐在那里，弓着腰，用一根条纹吸管啜着燕麦水。

“你在干什么？”米娅问道。鲍迪尔没有抬起头，也没有放下吸管，只是抬眼看了看她，露出了一口满是螺钉和铁丝交错的牙齿。

“天哪，你去看牙医了。”米娅感叹道。鲍迪尔发出一连串嘶嘶声。

“你在说什么？”米娅从厨房里探出头来问道。

“是下巴，”安妮站在厨房门槛上认真说道，“下巴！她的下巴被锁住了，要靠流食活三个星期。”

“那真是太可怕了。”米娅说。

“太可怕了！”安妮重复道。

二十年后的今天，往事以如此和解的姿态展现在她面前，米娅感到一阵莫名的欣慰。她想：“我并不像我想象的那样孤独。”她决定，回家后一定要给安妮写封信。虽然在网上联系到她并不困难，但她不打算写一封详细的长信，只想寄一张简短的明信片。

母与子

今晚，丽丝贝和家人坐在厨房里。她的丈夫汤马斯、十四岁的儿子埃斯本，还有难得回家的大儿子马尔特也在。他们一家四口很少有机会团聚。虽然生活让这个家庭疲惫不堪，对不幸习以为常，但丽丝贝的爱仍然如泉水般涌动，只是在等待机会倾泻而出。美食和美酒让她有些陶醉，她几乎忍不住想去抚摸儿子们的脸颊，尽管她知道这么做会令他们不自在。温暖的烛光映在薄薄的窗玻璃上，窗框下透进来一丝丝冷风。窗外，垃圾桶和自行车的轮廓在黑暗中模糊不清；庭院另一侧，电梯井道的光线笔直地向上延伸。他们边吃边聊，马尔特滔滔不绝地说着他在报纸上看到的新闻、朋友的趣事和足球比赛的点滴。这些话题让他觉得自己受到了家人的重视和倾听。他忽然停了下来，神秘兮兮地说想给家人一个惊喜。他说自己已经不做木匠学徒了，看到家人惊讶的表情时，他忍不住笑出了声。他早在几个星期前就辞职了。“为什么呢？”汤马斯问。他靠在椅背上，手里把玩着叉子。

“我们记得，你对学徒的工作还挺满意的。”丽丝贝说。马尔特摇了摇头，解释道：“那地方不行，我被人占了便宜。我在那儿工作了三个月，能干的人都走光了，我老板容不下比他聪明的人。留下来的尽是些什么都不懂的白痴。不过别担心，我已经找到新工作了。”他说，“起码已经有个让我去上班的口头承诺了。”他补充道：“是我朋友帮忙找的，给海宁市一家大型生猪屠宰场当货车司机。”“可你还没有驾照呢。”汤马斯提醒道。“我正在学呢，”马尔特说，“理论考试已经过了，圣诞节前我就能参加路考。一月份这份工作就是我的了。”他稍微停顿了一下，像是在酝酿什么新的计划。“对了，我还想搬家。”他继续说道，“现在住的公寓太贵了，我已经通知房东十二月一日搬走。我还想买辆大篷车，停在我朋友家的车库里，这样能省不少钱。”“爸爸什么时候能确诊？”马尔特突然问道。

丽丝贝愣了一下，然后忍不住发出一声惊讶的笑声。

“什么意思？”汤马斯也有些困惑，转头问道。

“嗯，爸爸，你有阿斯伯格综合征，”马尔特直截了当地说。“稍微有点脑子的人都看得出来，”他继续说道，声音里带着一丝挑衅的味道，“隔很远都能看出来。”

“那妈妈呢？”汤马斯反问道。

“妈妈是正常人，”马尔特几乎是自言自语地说道，“她是这个家里唯一正常的人。”

“你确定吗？”汤马斯不以为意地追问。

“她是家里唯一一个正常人。”马尔特坚持道，然后指着家里其他人，像是在罗列一份清单，“比方说，布尔德有多动症。米斯有自闭症。还有埃斯本，他肯定也有自闭症。”

“咱们就此打住吧。”汤马斯说。

马尔特并没有停下的意思，反而越说越兴奋。“可是爸爸，你看你吃饭的样子。你总是那么小心翼翼地用餐巾擦手。看看你是怎么摆弄指尖的，还有——你甚至都不抬头。”他转身看向埃斯本，“埃斯本，看着哥哥，看着我的眼睛。来吧，乖孩子。看，他根本不想看我。”马尔特靠在椅背上，顺手拿了一个杯子。

“你给我住嘴。”汤马斯说，丽丝贝用纸巾擦去洒出的红酒。马尔特猛地站了起来。他伸了个懒腰，衬衫滑了上去，露出他平坦洁白的腹部和肚脐。他用手指拨弄了一下他那头半长不短、经过漂白的金发，那金发比普通人的头发更显柔亮。

“我走了。”他说。

“那你今晚回来吗？”丽丝贝问道，“记得明天我们要去墓地。”

马尔特微微弯下腰，轻轻在母亲脸颊上印下一吻。他的气息仿佛带着火焰的热度。然后他直起身，走向门口。他几乎没动盘子里的食物。

“马尔特，”丽丝贝在他身后喊道，“你不吃点东西再走吗？”

“你别管他了。”汤马斯说。门砰地关上了，厨房里一片沉默。

“他这么聪明，这也许是他的不幸。”丽丝贝喃喃道，“可也正因为如此，他才不会掉进陷阱里去。”

埃斯本小心翼翼地用餐巾擦拭着手指。“我可以进去看电视吗？”他小声问。

“当然可以。”汤马斯答道。

*

半夜，丽丝贝轻轻推醒汤马斯。他猛地从床上坐了起来。

“怎么了？”

“马尔特还没回家。”

汤马斯叹了口气。

“丽丝贝，我们不能把他关在家里。他已经长大了。”

“可他还不够成熟。”

“上床来吧，”汤马斯说，“你知道现在几点了吗？都两点多了。我们明天还要出门呢。”

“他才二十岁，汤马斯。想想你自己，你二十岁时在干什么？”

“至少我不会每次去酒吧都挨打。”

“如果他真想挨打，我们也拦不住啊。”

“我不明白为什么你会这么说。”

“上床睡觉吧，丽丝贝，”汤马斯柔声说，“你一直站着会着凉的。”

“他总是和坏人混在一起，我好担心。”

“乌鸦总会去找自己的同类嘛。”汤马斯耸了耸肩。

“你真是太冷漠了。”她说。

“你倒是天真得可爱。”汤马斯回应她。

他最终还是下了床，陪丽丝贝一起走到窗边。她抱紧了自己，轻轻打了个寒战。

“好冷。”她低声说道。

汤马斯向窗外望去。庭院的灯光在地面上映出一层薄霜。

“他和谁出去了？”

“我觉得你该睡觉了。”

“我想睡的时候才睡。”

“丽丝贝！”

汤马斯回到床上，把被子拉高，背对着她。

凌晨三点一刻，丽丝贝又开口了：“他不接电话。”

“可能是没听见吧。”汤马斯声音低低地说。

“我已经给他打了好几回了。”

她在公寓里来回走动。

厨房的温度计显示室外气温已经降到了零下六度。窗外，栗子树在无风的夜晚静静伸展着它的枝杈。院子里和地窖里上方的灯光时而亮起时而熄灭。有时，他们会被不知从哪里传来的凄厉哭声惊醒，但今晚却一片寂静。四点钟的时候，丽丝贝终于回到房间，爬上了床。汤马斯的身体散发着熟悉的温暖，她依偎着他的后背。

“你真凉。”汤马斯喃喃道。

“嗯。”

“你的脚趾呢？”

“凉得像冰块一样。”

他转过身来，面对着她。

“把脚放过来。”

“你认真的吗？”

她把脚伸进他的大腿之间，他不禁打了个寒战，但依旧用双手搓着她的小腿。“好点儿了吗？”

“特别好。”她低声回答。

从这一刻起，她知道他已经完全清醒了。五点半的时候，门外传来轻轻的关门声。汤马斯轻轻拍了拍她的被子，低语道：“睡吧。”

丽丝贝和马尔特驾车驶离小镇时，天边刚刚泛起鱼肚白，淡淡的红色朝霞在后视镜中越来越长。前方，灰白色的天空笼罩着一切。路上车很少，街道显得格外安静。她在维堡公路上保持着比限速略快的速度行驶，超过了一辆又一辆从比利时和荷兰返回的货车。她其实并不知道马尔特是否真的会来，但早上八点半，他已经坐在了厨房里。现在，他沉默地坐在她身旁的副驾驶座位上。

“你睡一会儿吧，”她轻声说，“到了地方我再叫醒你。”

“我不累。”他回答。

丽丝贝每年都会开车去父母的墓地两三回。往常她都是自己去，但这次马尔特主动要求陪她一起去。

她侧过头看了看他。他的皮肤仍然像孩子一样细嫩，连胡须都还没长出来。他的皮肤白皙柔嫩，从他还是个抱着乐高积木在窗前玩耍的小男孩开始，她就觉得他很好看。他是属于光的男孩，只有在阳光下才能安静下来。她打开了车内的风扇，又解开了外套的扣子。

“你宿醉了吗？”她问。

“没有，”他回答道，“我昨天什么都没喝。”

“那你做了什么？”她追问。

马尔特转头看向窗外。他们经过一个废弃的乳品厂，门外孤零零地停着一辆货车。一个男人从车里跳出来，丽丝贝从后视镜中看到那男人急匆匆地跑过马路。马尔特闭上了眼睛，丽丝贝没有再继续追问。

“我和几个朋友在一起。”他闭着眼睛继续说道。

“谁？”她轻声问。

“你不认识他们。”

“你们去市中心喝酒了吗？”

“可以这么说，但不是你想的那样。”

“那是怎样的？”她追问道。

“你不会感兴趣的，妈。”

“你要是这么说，那我就更想知道了。”

“当时我们在别人家里。我什么都没喝。今天不是要出门吗？后来他们问我能不能送他们去另一个地方。”

“去哪儿？”

“就是城外的一个地方。我照做了。我们开到城外，上了一条土路，然后就出事儿了。我也不知道发生了什么。”

“发生了什么？”

“我都说了我不知道。你是聋了吗？”

“没有，我只是很担心你。”

“好吧，你别这样。我现在不就在这儿吗？”

车内一片沉默。她打开储物箱，找到一盒润喉糖，递给了他一颗。他很大声地把糖嚼碎，然后又闭上了眼睛。

“那其他人呢？”她打破了沉默。

“我不知道。”

“告诉我。”

“警察来了。”

“警察？”

“你要么让我一个人待一会儿，要么我就在这儿下车。”

“行。”

“我只想睡一会儿，可以吗？”

“行。”

“妈。”

“嗯？”

“你不用担心，什么事都没发生。”

“你这么说我就放心了。”

“我不知道他们想干什么。不过没事的，你相信我。我只是开车把他们送到某个地方，然后把他们放下。那地方有一条很长的泥泞小路。我把他们放下后，自己下车去小便，还想抽根烟。我站在那儿的时候，听到路上传来警笛声，看到了很亮的灯光，我就躲了起来。”

“他们没看见你？”

“没有，否则我就不会坐在这儿了。”

“那你是怎么回家的？”

“我搭了顺风车。”

“你今天有其他人的消息吗？”

“没有。”

“你也没试过联系他们？”

“没有。你疯了？我才不会冒这个险。”

“那你现在怎么样？”

“别担心，不会有事的。”

“到底发生了什么？”

“别紧张，我都跟你说了。”

“可是马尔特，我很难不紧张。到底怎么了？他们干了什么？”

“可能是去打人了。”

“可警察怎么会来？警察怎么知道的？”

“我怎么知道？”

“我猜他们会说是你开车送的他们。”

“是我啊，怎么了？替人开车又不犯法。”

“可为犯罪的人开车犯法，你这么做就成了他们的同伙。”

“你冷静点。”

他们驶过一个房屋低矮的小镇，住宅紧贴在路边，花园里的植物已经凋零，光秃秃的树被湿气浸透，变成了深褐色。

“我有多久没这样跟你在一起了？”他问。

“很久了。”她答道。

*

“等会儿我请你吃午饭。”她说。他们驶过一家空荡荡的肉铺，店门上挂着一个金色的牛头，接着又经过了一家早已关门的书店。

“天哪，这地方可真热闹。”马尔特轻声嘲弄道。

“对对对。”她轻轻叹息了一声，然后他们继续向教堂驶去。

他们下了车，她从后备箱里拿出一束花。马尔特抱怨天气太冷，说他想留在车里。

“来吧，”她微笑着说，“咱们不会在外面待太久的。”

“我太了解你了，”马尔特嘟囔道，“你一开始摆弄花，接着就要挪开一簇草，再然后耙地，最后还要和挖掘机工人讨论半天。”

“做完这些，我请你吃午饭。”她说，“你很快就会暖和起来的。”

“这话你已经说过了。”他提醒道。

“是啊，但我还是想我们能好好享受在一起的时间。”

“冷静点吧，妈。”

马尔特一边说一边把她搂进怀里。潮湿的空气夹杂着寒意，每一次呼吸，她都感觉到鼻腔里仿佛结了一层薄薄的冰霜。

她用铲子小心地挖了个洞，把风信子轻轻种在石头右边。她等这一天已经很久了，但拍平土壤时，她的内心却涌起一种难以言喻的乡愁。那愁绪犹如潮水般，一波接一波地侵袭着她的心。身后传来马尔特耙地的声音，还有他偶尔吐痰的声音。

“别这么不讲卫生。”她提醒道。

“你总是这么讲卫生。”他回应道，这让她心里顿时燃起一股怒气。

“你总是喜欢把一切搞得一团糟。”她反击道。

马尔特转过身，点燃了一支烟。瘦削的身影在薄薄的烟雾和几乎感觉不到的微风中显得格外孤独。这一天安静极了。

“你冷静点。”他重复道。

“有人被打死了吗？”

“我怎么知道？”他边说边捡起她放下的铲子，“我们快点儿走吧。”

“当时你是不是完全失去理智了？你想毁了你自己，毁了我们的生活吗？”

“你给我闭嘴！”

“什么？你说什么？”

“我说闭嘴！”

“好好瞧瞧你自己，难道你不知道什么是生命吗？”

“你这个疯女人！”

她上前一步，他猛地挥铲，砸在她的脸上。铲子尖锐的边缘击中了她的鼻子，她踉跄了一下，痛苦地喊道：“马尔特！”她抓住他的手，拖着他走了几步。

“你竟敢威胁我？”他低声咆哮。

“我们走吧。”

“我告诉你，这样做是没有好结果的。”

“我们都冷静冷静，好吗？”

“你自己冷静去吧，疯女人。”

她颤抖着从包里摸索出一块手帕，视线因为泪水而模糊不清。她用手帕轻轻按住流血的脸，血迅速将帕子染红了。

“带我去趟洗手间，我要清理一下。”

她紧紧握住他的手，几乎是拖着他进了洗手间。他又点了一支烟，烟雾在狭小的空间里蔓延开来。水龙头里流出的水冰冷刺骨。她低下头，把水拍在脸上，鲜红的血液顺着她的下巴滴落下来。

“你得把头仰起来，”他边说边递给她一张纸巾，“用这个捏住鼻子。”

“谢谢。”

她用纸巾堵住鼻子，头微微前倾。脸疼得越来越厉害，冷空气让她忽然意识到自己已经尿湿了裤子。

“我居然尿裤子了。”她说。

“哦。”

“我们得想个办法。”

“嗯。”马尔特抽着烟，望向窗外。

“你可以穿我的裤子。”他说。

“可你不能不穿裤子到处走啊。”

“你可以去买条新的啊。”

“好主意。”她说，内心升腾起一股新的希望和力量。

马尔特跑在她前面朝车走去，她看着他那双苍白的大腿在寒风中飞奔，忍不住笑了。虽然他的裤子太紧，她勉强拉上拉链，但还是系好了腰带。她也加快步伐，两人几乎同时到达车边，笑声戛然而止。

“瞧瞧你自己。”她喊道。

“你也应该瞧瞧你自己。”他回应道。

他们趴在车顶上大笑，笑得几乎喘不过气来。她打开车门，两人跳进车里，她立即打开暖风，把后座上的毯子递给他。随后，他们开车去了超市。

到了超市，她在顾客卫生间里换上了新裤子和新鞋。回到车边时，她看到他的头靠在车窗上，像是睡着了。她敲了敲车窗，他抬起头来，摇下车窗。她把裤子递给他，转过身去，他在毯子的遮挡下换好了衣服。

他下车时，她说：“该吃午饭了。”

他让她先去餐馆，说他随后就到。

“为什么？”

“我去买烟。”他说。

“我等你就行。”

“不用，你先去吧。我还要去趟洗手间。”他意味深长地朝她挑了挑眉。

“我就在这里等你吧，没关系。”

“别等我，好吗？”

“好吧。”

“去给咱俩点些吃的吧。”

“你想吃什么？”

“随便点些可口的就行。”

“你很饿吗？还是只想随便吃点儿垫垫？”

“你别问了，我受不了了。”

他大步穿过停车场，像往常一样，充满了无法驯服的意志力。他看起来既像是在向她靠近，又仿佛是在远离她。

他身上如同有一团无法控制的火焰，即使在这寒冷的停车场，也让人感到一股灼热而意外的爱意。

在旅馆门前的停车场，她看见一辆车静静地停着。走进走廊，她脱下大衣挂在衣架上。她转身时，无意间从全身镜中看到了自己。首先映入眼帘的是那双崭新的白色慢跑鞋。目光上移，她看到了自己的脸，鼻子红肿，上唇肿胀，下巴上有一道触目的红色伤痕。

她走进了一间空无一人的餐馆，餐馆大得有些夸张。墙壁上的装饰看起来像是带有凹陷的金色皮革，上面涂了一层棕色的清漆。厚重的横梁贯穿天花板，沙发上铺着油布软垫，茶几上放着哥特字体的书籍。她走过去翻看了一下，是《圣经》和一本儿童读物。书的上面还放着一副眼镜。听到身后传来沙沙声，她大声地清了清嗓子。不一会儿，一位中年妇女静悄悄地走了过来。她优雅地在丽丝贝面前打开了菜单，准备走开，但丽丝贝叫住了她，说想立刻点菜。她要了两份巴黎牛排，还说她儿子马上就来。

二十分钟后，女服务员端着牛排走了进来，但是马尔特还没到。女服务员犹豫了一下，走近桌子。

“您想现在吃吗？”她问。

“他可能有事耽搁了。他刚去了趟旁边的布鲁森超市。”

“我可以把牛排端回后厨。”

“不过鸡蛋已经煎成溏心了。”

“没关系。我再给您煎几个新的吧。”

丽丝贝点点头，“我可以再要杯咖啡吗？他可能被什么事情耽搁了。”

她给马尔特打电话，但无人接听。这时咖啡端了上来。她只喝了一小口，女服务员就已经走远。丽丝贝急忙起身，快步追向厨房。

“我出去看看他在哪儿。”她说。

她冲到街上，扣紧了大衣的扣子。

马尔特不在布鲁森超市。

她跑回酒馆，紧张地拨出号码，呼叫转入了语音信箱，一次又一次。她停顿了一下，心头涌上一阵无助，最终还是给他留下了语音留言。就在这时，她又听见身后传来一阵沙沙声。她迅速转过身，只见女服务员站在那里，手里端着一个平底玻璃杯。

“找到您儿子了吗？”女服务员温柔地问。

“他可能要过一会儿才能来。”

“您想边吃边等吗？”

“好啊。呃，不用。嗯，还是边吃边等的好。”

女服务员一离开，她就又打了一次电话。这一次，电话居然接通了。

“喂？”电话那头传来了一个声音。

“埃斯本？”她惊呼道，“怎么是你接电话？”

“因为电话一直在响，至少响了五次了。你有什么事吗？”

“我在找马尔特。”

“我以为他和你在一起呢。”埃斯本的声音突然尖锐起来，显然是因为她打断了某件重要的事情。

后来她独自坐着，手里握着手机，不知道接下来该做什么。她一边等，一边喝着已经凉透了的咖啡。

丽丝贝又点了一杯咖啡，她决定留在酒馆里等马尔特。

*

十二月初的天气温和而潮湿，白天似乎一直被漫长的黄昏笼罩着。车灯映照在环城路湿漉漉的沥青路面上，闪烁的光影照亮进出城市的汽车挡风玻璃。丽丝贝在屋里待了好几天，她的脸还在恢复。肿胀消退后，鼻子和嘴角仍然留有一道暗红色的痕迹，就像被针刺般的火焰舔过。出门时，她总是小心翼翼地把围巾拉得高高的，遮住鼻子，生怕围巾滑下来。

她找不到马尔特的手机，最后只好去问汤马斯。汤马斯告诉她，他已经把手机寄给了他。

虽然心绪不宁，但她依然要在教婴儿游泳的浅池里完成工作。换尿布台前，母亲们温柔地给婴儿穿上尿裤，一边给他们的肚子吹气，一边亲吻他们的小脚丫。有的母亲站在淋浴器下淋浴，她们的宝宝则坐在泳池旁的黑色婴儿车里，从毛巾下面探出小脑袋，好奇地看向正在洗澡的妈妈。淋浴区里有种难得的宁静，仿佛整个世界都在这个温暖湿润的空间里沉睡。

救生员菲利普坐在大厅的长椅上，神情专注。丽丝贝刚开始在这里工作时，以为他比她至少小十岁，直到某天偶然得知他们其实同龄。她始终不确定该如何看待他——他把胡子编成细小的辫子，看起来有几分古怪。他的目光总是让她感到不安，仿佛在仔细打量她，甚至审视她。她简短地点了点头，然后匆匆走开。

不久后，婴儿们被推了进来。他们唱起泼水歌，丽丝贝用娃娃做示范。她的脑海里浮现出一幅某人的柔软手臂搂着她脖子的画面，那种与水融为一体的感觉令人怀念。他们唱着歌，“溅起水花——我们能做”，歌声回荡在泳池上方，升向天花板，仿佛要冲破一切。

菲利普站在泳池边，双臂交叉，脚尖朝外，穿着白色木鞋来回踱步，步伐带着些许刻意的笨拙。他经过丽丝贝身边时，低声说了句什么，但她没听清。

“什么？”她问。

“我说，你的脸怎么了？”

“没事。”

她想离开，但菲利普却在她身后的长椅上坐下，好像她应该意识到什么一样。

“你赶时间吗？”他问。

她犹豫了一下，走到长椅前坐下。

“我能看出来，你的脸受伤了，”他说，“看起来像是被打了。”

“没事，已经快好了。”她不想多说。她觉得他是那种自以为是的救世主，总是自认为能解决一切问题。

“出什么事了？”

她脑海中闪过编个谎话的念头，但随即意识到自己做不到。

“我不想谈这个。”

“好吧。”他平静地说。他双手抱膝，目光投向泳池，“小家伙们还好吗？”

“很好，这是我能想象到的最棒的工作了。”

他对她笑了，这笑容出乎意料，像一记重拳打在她的胸口，令她措手不及。

“是你老公打的吗？”

“不是！”

“很抱歉我这么问。”

“没关系。”

“那是你不愿提及的事吧？”

“可你还是问了。”她回应道，嘴角微微上扬，仿佛在讨论另一件事。

“我只是想知道。”

“是我儿子。”

“啊哈。”

“他用铲子打了我。”

“把你打成这样，他一定很壮吧。”

“他已经不是四岁小孩了。”

菲利普凝视着她，说：“我想我们应该喝杯咖啡。”

“改天吧。”她说。

“不。”他坚持道，“就今天。”

他推着自行车，和她并肩而行。他们经过汽车站，看见长途客车驶入站台，熄火的声音好似发出一声叹息。空气中弥漫着浓浓的柴油味，夹杂着海风的湿咸。步行街前的十字路口开始熙熙攘攘，街上挤满了为圣诞节采购的人群。下午两点半了。

“你饿了吗？”他问。她说是的。

但他们没有立刻去吃东西，而是继续沿着街道漫步，闲聊着无关紧要的话题。他们在橱窗前驻足，看着鞋店里摆放的鞋子，还有巧克力店里那金字塔般堆叠的釉面苹果。他们听到救世军的歌声，穿着制服的人们站在萨林商场前，微笑着迎接往来的行人。

他们继续向前走，过了桥，走下台阶，来到河边。咖啡馆外已经架起了暖风机，座位上坐满了人，但他们还是找到了一个空位，点了三明治和咖啡。天色渐渐暗了下来，远处街道上传来人群的喧闹声，偶尔夹杂着海鸥在房屋间盘旋的鸣叫。

食物端上来了。三明治叠得很厚，得用一根签子撑起来，否则切的时候会散开。菲利普用餐巾纸包住自己的三明治，大口大口地吃着，而她则小心翼翼地把自己的三明治切开。

“我在等你问我问题。”她说，“你的问题让我有点不舒服。”

“我不会问你那些问题的。”他说。

“你不问？”

“不问。”

“那你想干什么？”

“我只想坐在这儿，放松一会儿。”

“我以为你是想要问我问题的，但你没有。所以我就这么忧心忡忡、无所事事地跟着你走来走去，对吗？”

“随便你。”

她眯起眼睛打量着他。

“你胡子的小辫子留了多久了？”

“好几年了。”

“啊哈。”

“你怎么问起这个？”

她没有回答。

“你不喜欢，是吗？”他问。

“随便你。”她答。

*

四天后，她终于联系上了马尔特。她努力克制自己不要表现得太急切，但内心深处，她唯一想的就是见到他。

“你可以早点打电话来的。”

"是。"

"我等你等了很久。"

"我没带手机。"

"你可以去餐馆找我啊。出什么事了？"

"我遇到了一个人。"

"谁？"

"就是一个我遇见的人。"

"是谁？"

"你不认识。"

"是谁？"

"你问来问去烦不烦啊？"

"马尔特，我只是想知道那人是谁？"

"一个养马的人。他有一匹马要卖。"

"然后呢？"

"'然后呢'，你什么意思？"

"你为什么会见一个卖马的人？"

"如果是我想买匹马呢？"

"马？"

"对，马。"

她不说话了。他们已经在电话里吵了几分钟，她总怕会把他给逼走。她希望自己能对他多些信任。马尔特一直喜欢动物。那只大狗，那只像毛绒玩具熊一样的狗，他曾经把它抱在怀里，把脸埋在柔软的狗毛里，和它一起打滚、玩耍。还有那只猫，当他对猫说话时，声音总是那么温柔。小时候，他还养过鱼、西伯利亚侏儒仓鼠，还有鸟和乌龟。他一直想成为一名驯兽师。九岁时，他甚至去哥本哈根参加了一个驯兽师的课程，驯兽师对他的天赋印象深刻，还邀请他去新西兰做学徒。

“买匹马听起来不错。”她轻声说。

“对。”他生气地回应。

“我不是有意打扰你的。”她说。

“但你正在打扰我。”

“对不起。”

“我得走了。”

“别，等一下！和我说说这匹马的事，它长什么样？”

“它不是某匹马，它是一匹公马。一匹北方的马。它叫托尔。”

“你打算把它养在哪儿？”

“它可以和HH住在一起。”

她想问HH是谁，住在哪里。但她知道，这些问题只会让谈话的气氛更糟。

“HH是谁？”她还是忍不住问道。

“就是那个有马的人。”

“你是怎么认识他的？”

“你聋了吗？”

“什么？”

“我问，你聋了吗？”

她什么也没说。电话的另一端，马尔特怒火中烧。

“马尔特。”她终于开口。

“别叫我！”他冷冷地回答。

“这事我必须得知道。”

“不行。”

“你的伙伴们怎么样了？”

“我怎么知道？他们被拘留了，妈，你可别给他们打电话问这件事。”

“他们会不会说出关于你的什么事？”

“肯定不会。”

“不会就好。”她咬住嘴唇。

“我在报纸上看到了。”她说，“在加尔腾郊外的一个农场吗？”她没有等他回答，“他们在那儿被砍伤了，还被人用煎锅打。这种事是会要命的，马尔特。当时你和他们在一起吗？”

“没，我只负责开车。”

她选择相信他。她只是想一遍又一遍地听他说他不在打架的人里面。她瘫坐在椅子上，两条腿向前伸。另一端，马尔特挂断了电话。谈话结束了。狗小跑着穿过房间，趴在她的椅子旁，红着眼睛望着她。它一辈子都围绕着下一顿吃什么转，为此它愿意用生命去赌一些微不足道的东西。她用穿着丝袜的脚抚摸它的背。马尔特或许不在意，但从现在起，她要时刻预备着同伴将他出卖。警察可能今天就会来抓他，或者明天，或者三个月后。没有人知道什么时候有人会把他供出来，也没有人知道会不会有人把他供出来。但有一点是肯定的：她相信，总有人会说出来。

窗外下起了雨，雨水顺着窗户滑落，豆大的水珠贴在玻璃上，如同泪痕。

过了一会儿，走廊里传来钥匙转动的声音，门开了。她坐直了身子。

“嗨，亲爱的。”她喊道，“今天过得好吗？”

埃斯本嘟囔着什么，随手把背包扔在一边。她熟悉他所有的声音：脚步声、脱靴子声、外套拉链拉开的声音。

“我做了你的饭。来吃点吗？”

“哦。”他低声哼了一声，显得有气无力，随后消失在浴室里，水声响了很久。她在厨房里整理刀具，走廊里传来细微的脚步声。羞涩使他看起来更加可爱。她起身，朝他走去。

“过来一下。”她柔声道，“你一定饿坏了。”

他曾经渴望靠近她的那些日子已经不复存在。如今，他只是转过身来，三角形的长脸显得苍白，眼睛乌黑而深邃。过去的一年里，他的四肢变得又长又粗，血液似乎无法在体内畅通流动，他的手脚总是冰冷发青。

“今天在学校怎么样？”她关切地问。

他微微皱了皱眉，这是一种在小男孩和年轻男子身份之间游移的表情，仿佛两个不同的自我在争夺控制权。凡是与埃斯本和她有关的话题，他的内心总要经过这样一番拉锯。有时那个属于过去的小男孩获胜，有时则是如今的男青年占上风。

“你喜欢冰沙吗？”她试探性地问道，“是用我们在灌木丛里摘的黑莓做的。还记得那个周天吗？”

“我不记得了。”他淡淡地回答，声音中透着疏离。她看着儿子谨慎地把食物放进口中。他看起来如此脆弱。她想着儿子在学校里的表现：成绩优秀，老师们都说他是个安静稳重的孩子，不容易被人欺负。也许，现在他终于交到了朋友。每隔一段时间，总有一个瘦高的男孩悄悄溜进走廊，躲进他的房间，陪他度过安静的下午。

“今天下午有安排吗？”她问道。

“没，”他回答，“我得做作业。”

“我从来没做过家庭作业。”她说。

“那是很久以前的事了，妈妈。”

她朝他微笑，他用纤细的手指轻轻拂去她额前的发丝。苍白的手腕从宽大的毛衣袖子中露出来。窗外，雨势渐缓，雨滴变得更大了，还夹杂着几点雪花。

“你桌子底下的是什么？”她笑着问。

“这个？”他举起一个魔方。

“我小时候这东西很流行。现在还有人玩吗？”

“我不知道。”他有些腼腆地说。

他拿着魔方转动了几下。

“让我看看。”她请求道。只见他的手指飞快地在魔方的六个面上移动，仿佛这些动作对他来说毫不费力。尽管他的手指微微颤抖，好像孩童的手指般，缺少力度，色彩斑斓的方块仍在他手中迅速归位。

“真是太棒了，埃斯本！”她赞叹道，“我没想到你这么厉害。一定练了很久吧？”

“啊，没练多久。”他轻声笑了笑，目光柔和地看着魔方，“好了。”他说完，把魔方放在她面前，“差点儿就破纪录了。”

“爸爸知道吗？”

“这是他送给我的。我还有两个呢。”

他们的目光短暂地交汇。她在他的眼中看到了那一抹友好的戏谑，仿佛一束温暖的光芒从他的眼中迸发出来。窗外，院子里的车子已经被覆上一层薄薄的泥泞，缓慢滑落，如同奶油一般。这时，走廊里响起了钥匙转动的声音。门被推开，那种推门的方式属马尔特独有，仿佛门框也在随之震动。

“你什么时候才能学会好好坐在椅子上？”马尔特边走边说，随手拍了拍埃斯本的后颈。

“马尔特，”丽丝贝皱起了眉头，“就不能先打个招呼吗？”

“他得学会正确的坐姿。你看看他那窝在椅子上的样子。还有他看报纸的样子。你难道不该提醒他吗？等他再大一点，你总该说点什么吧。”

“够了，马尔特。”

“他应该学会打招呼。”马尔特继续道。

“坐下。”她说，拉开一把椅子，几乎是把他按了下去，“吃点东西。”她说着，把一块厚厚的黑麦面包放在他的盘子里。

“只要有你在，他永远学不会保护自己。”马尔特边说，边把一份报纸摊在桌上。

“那你就读读报纸吧。”她用手指随意指了指报纸上的一篇文章，“坐下来，吃点东西，然后读读看。”

“真是个白痴。”马尔特低声咕哝着。他粗鲁地倒着牛奶，动作却突然猛烈起来，半杯牛奶溅出了杯子。丽丝贝没有让他用抹布擦干净，也没有责备他。他开始读报纸，身体在椅子上不安地扭动着。读着读着，他无意中把牛奶盒捏得变了形。“哈。”他低声说，“白痴。”他那明亮的蓝眼睛在报纸上游移。是在捕捉某个词语，还是随意浏览？突然，他发出一阵高亢的笑声，开始大声朗读一段文字。他读得又快又急，丽丝贝几乎没听清楚。她只是静静地看着他，而埃斯本则望着厨房里唯一的热源——垂直的散热器管道，眉头紧锁。

“太过分。”马尔特说，“哈！真是太过分了。”

“你冷静点。”埃斯本低声说。

马尔特立刻激动起来：“你给我闭嘴！”

“你几乎什么都没吃。”丽丝贝关心地说。

“我已经吃过了。”

“再多吃点吧。”

“哦，妈妈，”他突然温柔地说，“你真是个‘妈妈机器’。”

“‘妈妈机器’？”丽丝贝忍不住笑了，她喜欢他这样看着她。

“对，你就是一台机器，启动时‘叶铃’一声响，然后就开始工作。”

他丢下报纸，伸了个懒腰。

“你怎么不开车送我去见HH？”他问，“那样你就是个好妈妈了。”

“可是已经很晚了。”

“那又怎样？”

“该吃晚饭了。”

“他们自己可以解决。”

确实，他们能自己解决，而且汤马斯会觉得这样挺好，她想。

“你要去做什么？”她问。

“我不是和你说过我有一匹马吗？他叫托尔。”

“我还不知道你已经养了它。”

“不是‘它’，是‘他’！”马尔特纠正道。

“你可以好好跟妈妈说话。”埃斯本说，马尔特在原地兜圈子。

“你也可以好好跟我说话！”他转身冲埃斯本吼道。

“你也可以好好跟我说话！”埃斯本反击，双手紧紧抓住暖气管，“你不是这儿的皇帝！”

“闭嘴，你这个小蛆虫！”

“当个小蛆虫总比当个大粪好！”

“闭上你的臭嘴！”

“至少蛆有脑子，大粪什么都没有！”埃斯本在离开厨房时高喊，肩膀微微抖动。马尔特紧随其后，走廊里传来一声巨响。丽丝贝赶到时，衣架已经被撞翻了，马尔特站在散乱的外套堆上，疯狂地砸着埃斯本的房门。

“开门！”他吼叫着，踢门的同时用力拉门把手。他四下寻找可以敲打的东西，最后抓起了一个不锈钢的消音器。

“马尔特！”丽丝贝尖声叫道。他停下了，用手不安地拨弄着自己的头发。

“随便吧。”他低声说道，“别担心，这不危险。”他喘着粗气，胸膛剧烈起伏。“天哪，你们总是跟在我后面。”他咆哮道，突然心灰意冷，仿佛所有的力气都被耗尽，只剩下疲惫的空虚。

“做点别的吧，”她轻声说，“或者唱歌。我会陪你唱。”

“呵。”他低声哼道。

丽丝贝驱车离开。马尔特假装自己睡着了，但那不过是个可怜的假象。他坐立不安，双腿颤抖，不时叹气，扭动着身体。

“你的驾照考得怎么样了？”她问，“大货车的驾照。”

“很好。”他说着打了个哈欠。

“你什么时候去上班？”

“我不去了。”

“你不去了？”

“我放弃了。”

“你放弃了？”

“别再重复我说的话。”

“你能不能心平气和地告诉我到底发生了什么？”她低声问道，声音里带着一丝恳求。

“我教练不行，他什么都教不了我。”他的声音里充满了愤怒和无奈，“他自以为是，以为自己无所不知，但其实什么都不懂。”

丽丝贝没有作声。

“学费也贵得离谱。”他继续抱怨道，“你知道拿驾照得花多少钱吗？”

“我不知道。”

他没有继续解释。于是她问：

“那个在海宁的大型生猪屠宰场的司机工作怎么样？就是你上次回来时提到的那个。”

“哦，那个啊。其实不过是个空头支票。”

他发出一声冷笑，“有人说他们需要像我这样的人，还说有大把的活等着我做。只要我去，他们就会给我安排工作。但后来我再联系那个运输商，却什么都没得到。”马尔特手指并拢，用力向后弯折。

“只要我想，就还有很多工作能干。你别担心，妈妈。”

“你现在住在哪儿？”

“我一直在朋友家住，不过现在不能继续待下去了，所以我在考虑去HH家。”

“你总是这么担心我。”他轻声说道，“你真的不必担心，我会照顾好自己。”

她把手放在他的膝盖上，感受到那里的微微颤抖。

“你需要带的东西都带了吗？”她问道。

“带了。”他简短地回应。

车流开始稀疏下来，时间已过六点。温度计显示气温略有回升，田野上似乎笼罩着一层薄薄的雾气。他们从维堡大街转入一条小道，两旁是海桐和山楂树的防风林。左侧传来一阵模糊的震动，那一定是峡湾，隐没在水汽和逐渐加深的暮色之中。穿过一个只有二十三栋房屋的小村庄，他们路过一家废弃的杂货店。马尔特指引她沿着一条小路继续走。

几百米后，沥青路面消失了，前方的路越来越窄。两旁的房屋渐渐稀疏，车灯照亮了铁丝网和用白色塑料包裹着的青贮饲料堆。旁边是一排山楂树篱笆。路延伸向山谷深处，车子时不时被路中间的草地刮擦。丽丝贝放慢了车速。

“你以前来过这儿吗？”她有些担心地问。

“来过，一会儿就到了。”

道路陡然下坡。坑坑洼洼的乡间小道狭窄得几乎无法错车。

“马尔特，我不喜欢这儿。”

“别担心，继续开。这里没法掉头。”

她小心翼翼地将车往下开。山谷底部有积水和冰，看起来像是排水系统出现了问题。

“没事的，别怕。”马尔特低声说，他的目光紧紧盯着前方的路，“你做得很好，妈妈，你一定能行。”

当他们终于到达山顶时，车前灯照亮了一堵高高的柴堆。他们驶入一片松树林，前方出现了一座红色的房子。

“是这里吗？”她问。

“不，不是。你得从这儿绕过去。”他指向房子另一侧的树林，一条拖拉机道蜿蜒在树木之间。那里立着一块旧木牌，上面用潦草的字母写着“禁止入内”。

他们继续前行，拖拉机道变成了细如面粉的沙土小径。森林在这里突然消失，薄雾也渐渐散去。

“你得从这儿开下去。”马尔特指着右边说。

“这条路这么窄，你确定车子能过去吗？”

“应该可以。”

“还很远吗？”

“不远了，就在下面。”

他们下了车，开始步行。她在他的后面喊道：“你的行李呢？”

“哦，对。”他转过身来，“你能帮我拿一下吗？”

她打开后备箱，看到那个破旧的挎包，背带和四角都用胶带缠绕着。

“就这些吗？”

“就这些。给我吧。”

“你没带衣服吗？”

他接过挎包，吹起了口哨。她锁上车门，空气中弥漫着湿润的气息，仿佛每次呼吸都能吸入微小的水珠。她感受到一种奇异的宁静。“等等我，马尔特。”她喊道，“我看不清路。”

小路在他们脚下蜿蜒，左侧是石楠丛和荆棘。她很快听到水声，感觉脚下踩在了木桥上。她试探着前行，木板湿滑，有一层苔藓。马尔特走过来抓住她的手臂。“我们到了。”他兴奋地说道，可周围依然漆黑一片。

她停了下来，他站在她身旁。只有潺潺的水声在静谧中回荡，连风也不曾扰动这一刻的宁静。她想继续往前走，但在那一刻，她感受到左边传来一股温暖的气息，是比黑暗更深邃的寂静。

“那是什么？”她低声问道。

“是马。”他轻声说道，吹了一声口哨，“过来，孩子们。过来，托尔。”

几匹马轻声打着响鼻。马尔特轻声安抚它们。他告诉她有四匹马：托尔、布利斯、纳克哈格和卡农。他将她的手放在托尔的脖子上，马的毛粗糙而湿润，带着陌生的气息。她在黑暗中摸索着，不小心触到了它的嘴。她吓得把手缩了回来。

他们继续前行，马尔特告诉她这里曾是一个养鱼场，草地的尽头有几个鱼塘。渐渐地，他们看见一束光，那是屋檐下一个裸露的灯泡。穿过长长的柴堆，他们走进了一个小院子。面前是一座黄色瓦顶的农舍，有三间附房。一扇窗户透出微弱的光线。一只狗突然开始狂吠。

“保重，妈妈。”马尔特说，然后紧紧地抱了抱她。

“我怕我找不到车。”她有些不安地说道。

“你会找到的。顺着路走就行。”他安慰她。

“可我什么都看不见。”

“你知道路的。”他肯定地说。

“我真的找不到，马尔特。”她的声音中透出恐惧。她想到了鱼塘、湿滑的木桥、山道上的冰和静谧无声的黑暗，还有停在悬崖边缘的车。要是没有他，她该怎么掉头呢？

狗仍在不停地叫着。这时，屋子的门开了。一个矮小结实的男人走了出来，抓住了扑向门外的狗的项圈。

“嗨！”马尔特高声喊道。

那人没有回应，也没有朝他们走过来。他站在那儿，伸出手臂，他的狗飞奔出去。马尔特开始朝门口走去，她知道自己不能继续站在这里，也转身向回走。

刚一离开灯光，四周的黑暗立刻包围了她。她停下脚步，倾听马儿们的声音。她希望自己能有一根用来探路的手杖，想到屋檐边可能会有。她转过身，果然发现了一个工具的断柄。

她深吸一口气，继续沿着小路摸索前行。她用力在心中记住脚下的每一步，直到找到车。

她独自专心致志地摸索，四面八方传来呼啸、啃咬和抓挠的声音。身后马儿啃食青草的声音就像爪子在到处乱抓。树枝上的水滴打在她的头皮上，她逐渐看清了周围的轮廓。

她正沿着山谷的边缘走，右手边是狭窄而平坦的谷底，远处是高耸入云的悬崖。这片森林空气如此清新。她每走一步，都会将棍子插入地面，探查前方的冰面和沟渠。忽然，她听到了水声——前面有一座桥。她不敢抬脚，像溜冰一样滑过木板。踩上地面的那一刻，她松了一口气。她知道从现在起，后面她将一直往上坡走。穿过石楠和蕨类植物，她回到了小路转弯处，走到了车前。上车后，她打开车灯，发现这里不能掉头。除了向前，她别无选择。

接下来的几天里，她打了无数次电话。终于，在第五天，马尔特接电话了。“嗨，妈妈。”他的声音温和而温暖。听到他的声音，她的胸口一紧。他解释说最近太忙了，没能接电话。即便现在，他也没有多少时间。

“你在哪儿？”她问道。

“我在维堡，和一个朋友在一起。”

“那个叫HH的人呢？你不是住在他那里吗？”

“只有我去看托尔的时候才住在他那里。”

“所以你买了马？”

“我还没付钱。”她能感受到他的怒气，却无法抑制自己的疑问。

“所以还没买？”

“别再问了。”

电话那头沉默了片刻，只能听到ZiPPO打火机的咔咔声一遍又一遍地响起。

“我们得谈谈了。”

“好啊，谈吧！”

“但你得听我说。”

“你别逼我。”

“你学到了什么？你以为这么说就能逃避问题了吗？什么叫‘你别逼我’？这就是你想要的吗？当一个靠啃残疾人养老金过活的人？还是永远留在HH身边？”她激动地喘着粗气。

“你怎么了，妈？”

她没有回答。他也沉默了。她紧握着手中的电话，就像抓住最后一根救命稻草。别挂断。

别挂断。

别挂断。

*

她关上车门的那一瞬，一只松鸦突然从一棵高大的杉树上飞起。她停下脚步，目光跟随着那只鸟的蓝色羽毛，在树林中显得格外耀眼。阳光洒在她的脸上，却没有带来一丝温暖。现在是下午一点半。她去过了书店，手提袋里有一本关于马的书，那是书店里她找到的最精美的一本，厚厚的纸张上印满了照片。书有一公斤重，却几乎没有什么文字。她不喜欢那本书，厌恶书中逆光下的马匹，尤其是它们那显得过于像人的眼睛，还有书里的骡子。厌恶反而让她觉得轻松了些。她沿着小路，缓步向前走去。

天空清澈而寒冷，空气如冰般纯净。眼前的景色逐渐开阔，谷底平坦，远处的山坡上覆盖着低矮的橡树。斧头砍木的节奏声从林间传来，声响在她走的小路上回荡。忽然，她想起了那条狗。如果狗跑掉了，她该怎么办？

她来到车道旁，看见一个柴堆，旁边站着一个人，他没有发现她，也没听到狗叫。他戴着一顶黑色的帽子，耳朵上戴着橘黄色的耳机。令她惊讶的是，他竟是个老人。她凝视着他瘦削的背影，看到他宽阔的肩膀在衬衫下起伏。他举起斧头，挥动着将木头劈开。红色的鸟颈从木屑中露出，劈开的木片四散落地。他一刻不停地重复着动作，狗的叫声在远处回荡，但狗却始终不见踪影。四周散落着他要劈的木材。换作其他人，早该用劈柴机了，但他偏偏坚持用斧头。老人瘦得让她不禁想象，他的骨头在软骨中摇晃，经过单调工作的磋磨，十分疲惫。他退后一步，目光短暂地落在身后几米外的木楔上，她知道，这是该上前的时候了。

她绕过他，避开正前方，绕了一个弧线走过去。“你好。”她高声招呼。老人摘下耳机，转身朝屋里喊了一声尖利的指令，狗立刻安静了下来。

“抱歉打扰了。”她说。

老人点了点头，目光静静地落在她身上。他的眼睛灰暗，一只眼睛甚至毫无生气，仿佛失去了控制。她自报了姓名，他依旧只是看着她。

“我来过这里几次，”她继续说道，“你这里真不错，还有马。养马一定很费劲吧。我是说，照顾马匹，还有这些柴火。”她的话语有些紧张，停不下来，“池塘里还有鱼吗？”

老人回答没有了。

“是吗？那我猜现在池塘里只有泥巴了。”她笑了笑，“可能很久没有鱼了吧。”

她打开包，把书递给他。他瞥了她一眼。“好可惜，这本书我还没看过。”她解释道，“如果你想要，它就是你的了。不想要的话，我可以带走。”

他接过书，说了声“谢谢”。

她轻轻舒了口气。

他把书随手放在柴堆上。

“我有些事情想和你谈谈。”她说。老人没有回应，只是继续挥动斧头，将木楔敲入木缝中。“我打扰到你了吗？”她有些不安地问。他拿起木槌，沉默地敲击着木楔，楔子消失在木缝里。她想找话题来打破沉默，说：“这可真是重活啊。”他又拿了一个楔子和另一个楔子，把它们打进去，接着又拿起一根撬棍。她坐在几米外的砧板上，远处的山坡上，阳光逐渐变得昏暗，白色的光线像一条移动的锋线，迅速吞没了整个山谷。她来的时候，那些楸树上还闪烁着暗红色的光点，现在却已变得灰暗无光了。突然，她感到了一股寒意，仿佛预示着一场疾病的降临。四周的一切都显得井井有条，草地修剪整齐，墙壁粉刷干净，窗户也被擦得光亮。柴火堆得整整齐齐，院子里停着一辆蓝色的老式拖拉机。奇怪的是，老人允许她坐在那里，没有赶她走。他一直在做自己的事。

“我是在这儿长大的。”她轻声说。他放下斧头，开始堆放已经劈开的木头。柴火堆越堆越高，他开始一趟趟把木头搬到远处，每次都要走上五米。她迅速起身："我帮你递木头吧，你来堆。"

他动作迅速，木头一块块稳稳当当地放好，不需要再来回调整。两个人之间有一种无形的默契，却不曾直视对方。她忙碌着，来回奔跑，身体却仍感受不到温暖。当最后一块木头被堆好，她终于停下来，说道："我儿子马尔特，他要来你家住。"

HH看了看表，开始朝农舍走去。她也下意识地看了看自己的手表——正好是两点。

他大步走在她前面，穿过庭院。她抓起那本关于马的书，跟在后面，慢慢地跑着。门在他身后关上了，她一时怔住。跟着进去显得愚蠢，她必须离开，过几天再来。最终，她还是推开了门。

迎面是一条狭窄的走廊，挂满工作服的钩子占据了整面墙，陡峭的楼梯通向阁楼。她能听到他在身后，脚步声低沉。走廊尽头的厨房低矮而压抑，桌子小巧，窗台上放着一盆海棠，烟灰缸里还有一支烟斗。他看起来像个巨人，沉默地走动着，仿佛她根本不存在。他从水龙头接了几杯水，倒进咖啡机，一边走一边数着："三……四……五。"墙上贴满了塑料袋里装的纸条，提醒人一些琐碎的事。这些纸条让她想起从前，她和汤马斯也常在马尔特的房间贴上纸条，上面写着诸如"开窗、关灯、上床睡觉"之类的事。而这些纸条上则写着："四勺咖啡，四杯水，按下红色按钮。"HH按下了按钮。

"没人邀请你进来。"他说。

她的喉咙突然感到一阵疼痛，头也开始疼，几分钟前还没有这种感觉。她随手翻开了书，指着一张棕色马的照片问："这是你的马吗？"他扫了一眼书页，眼睛像一瞬间活了过来，但很快又失去了神采，低落下去。她心里升起一丝同情，因为他显得如此无助。

"这一匹是挪威峡湾马，"他说，"那一匹是哈福林格马。"

"嗯，对，"她回应道，"上面是这样写的。"

他把咖啡放在桌上靠窗的地方，又把一块干硬的小蛋糕浸在咖啡里，咬了一口，拉开椅子坐下来。"我不希望马尔特来这儿住。"她终于开口了。

"那你就该管好你的孩子。"他冷冷地说着，把杯子举到嘴边，发出一声轻微的吸溜声。

"我做不到，"她摇了摇头，声音有些哽咽，"这就是我来这儿的原因。我不想让马尔特过来住。"

"我跟他一样。"

"不！"她几乎是喊了出来，"不！你得让他远离这里。"

他没有回应，只是起身，把剩下的咖啡倒掉。她怀疑他根本没听到她说的话，那双尖长的耳垂在他的耳朵下方一动不动。他走到走廊上，为她打开门，指向外面。她站着没动。

"你得告诉他，让他离远点。"她重复道。

他向前走了一步，脸上没有任何表情的变化，依然严肃如故。

她忽然瞥见楼梯下那个熟悉的棕色旧挎包，拉链半开着。那是马尔特的包。她心里一紧，急切地问："马尔特在哪儿？"

"我不知道。"

“你一定知道，他就在这儿。”

他揪着耳朵摇了摇头。“他把包忘在这儿了。”他说，然后猛地抓住她，把她推出门外。钥匙在锁中转动发出了清脆的响声。

“开门！”她拍打着门，喊道。

但里面没有回应，她在井盖上坐了下来。

她一直坐着。灰色的鸟儿聚集在草地上，夜幕缓缓降临，天空下起了稀疏的雪，雪花轻盈得似乎停留在半空，不愿落下。屋顶和柴火堆都覆上了一层薄薄的白雪，寒意再次涌上心头，她却一动不动，反而慢慢平静下来。

HH走过院子，手里端着一杯咖啡。他站在她面前，用目光打量着她，把杯子递给她。

她接过杯子，湿润的嘴唇轻轻啜饮了一口。

“你的狗呢？”她问。

“关在马厩里了。”

“它怎么没叫？”

“因为我命令它保持安静。”

“你是因为这个喊的？然后它就不出声了？”

“是的。”

“我到的时候，你怎么不把它放出来？”

他没有回答，她转头看向他。

“你可以放它出来。那样你就不用和我打交道了。”

他依然没有回应。头顶的鸟儿开始鸣叫，黑压压地从灌木丛中涌出，它们在空中来回飞翔，犹如波浪一般起伏，尖叫声也随之起伏。

“你明天要出去吗？”她问，“骑着马？”

他点了点头。

“去哪儿？”

“走山洞那条路，”他说，“去峡湾。”

“马尔特会跟你一起去吗？”

“我得回去了。”他说。

“你不想留下吗？我不会扰你的。”

他没有笑，但他身上有一种温柔的感觉，让人想起他的笑。

“你会生病的。”他说，然后转身回了屋。

“跟我说说马尔特吧，”她说，“你们在一起时都做什么？”

“他照看马匹。”

“他也帮你做家务吗？”

“做一点儿。”

“你可以让他干活的，这对他没坏处，不会伤害他。”

他没有回答。“他住在这儿吗？”她问。“他偶尔会睡在这儿吗？”

“嗯。”

“我能看看他的房间吗？”

“不行。”HH说。

她张开手掌，接住了一片雪花。雪花圆圆的、小小的，停留在她戴着手套的手上。她把手伸到前面坐着，这时手套上的雪已经融化了。

她说：“你也会生病的。”

*

当晚她就病倒在床上，病得比平时更重，疲惫感比以往更强，发烧接近四十度。她时而小憩，时而惊醒，紧张又燥热。窗户虚掩着，一阵微风拂过，她想伸手去抓住，却根本无法动弹。今天下午她本该去看医生，注射青霉素，但此刻，她无力做任何事。

汤马斯走进房间，手里端着一盘切成块的梨，轻轻地放在床头柜上，随后站在床脚。

“你怎么样？”他高声问道。

“还好。”丽丝贝闭着眼睛说，她心里清楚，不能让汤马斯觉得她什么都做不了。她打算继续躺在床上，直到有一天双腿能支撑她自己站起来，但她知道，她不会很快痊愈。她也不想讨论晚餐的事，如果马尔特真的遇到了麻烦，她只能闭上眼睛，因为她的眼睛疼得厉害，她觉得自己完全帮不上忙。

“我给你买了报纸，”汤马斯又说，“你看了吗？”

“我不看《教区时报》。”

“你怎么不看看加尔腾有没有什么消息？”

“你看一看吧。”

汤马斯翻阅报纸，纸张发出沙沙的声响。

“没有。”他最终说道，“什么消息都没有。要我给你拿点药吗？”他走到床边，用手背轻轻碰了碰她的额头，“你发烧了，我去给你拿药。”

汤马斯走了。丽丝贝想伸手拿起那份可能落在床脚的报纸自己看看。汤马斯翻得太快，或许他漏掉了什么内容。但她也清楚，这不过是她的幻想罢了。他在进屋前一定已经看过了报纸，如果有马尔特的消息，他肯定早就告诉她了。这种沉默让她明白，他需要她担心，而他自己则可以抽身。他让她成为那个必须操心的人，这就是他的处事方式，让她感觉到自己的存在和责任。

丽丝贝请了病假，这是她第一次请病假。她的同事菲利普在电话里对她十分关心，建议她喝热接骨木花茶，穿上暖和的袜子。她应声答应着“好，好，好”，眼睛半闭，几乎要失去意识。她突然意识到，菲利普身上有一种温暖圆润的感觉，就像一个略微丰腴的男人，圆润的身体附着在他善良的性格上。而汤马斯则完全不同，他像是一根断裂的肋骨，锋利而冰冷。他的一切都如此尖锐，像纯酒精般直接，仿佛她的整个人生——除了她自己——都闪烁着善意的光芒。

汤马斯曾对她说过，她的人生确实充满了善意，而他是对的。但那份善意，甚至是爱，都一层层地从她身上剥离。脂肪、温暖、爱意——一切她不曾要求的东西，都正在渐渐消失。

恍惚中，丽丝贝听到一个声音，仿佛是游泳池里的母亲抱着婴儿，母亲的手臂托着婴儿的小小身体，充满了温柔与信任。那种信任仿佛源于与生俱来的天性。她在脑海中看到白皙的婴儿背部，洁白的皮肤，母亲轻轻吹着气，亲吻他们的小脚趾。这一切如同大厅中的灯光，透过磨砂玻璃的天花板洒下，即使在冬日，依然温暖而柔和。那光不强烈、不刺眼，不会升起也不会落下，只是淡淡地存在，恒久不变，仿佛一层几乎透明的白光，静静地笼罩着她的世界。

在我的家乡

在我的家乡，主街上一栋红色的房子里，有一家书店，店主是一对夫妻，他们住在书店的楼上。我上学的时候，每攒下一些零花钱，便会光顾索格曼夫妇的书店。店里书架上的书籍叠放成两层，我常常需要花很长的时间在书堆里翻阅，一本一本地挑选，直到最终下定决心买下其中一本。索格曼夫妇从不过问我在找什么，也从不主动提供帮助，就像在生活中的其他场合，他们总是对我保持着礼貌的距离，似乎我们只是偶然认识的过客。小时候，应母亲的要求，我还叫他们“索格曼叔叔”和“海勒阿姨”，这份亲切感如今显得遥远而陌生。

每年圣诞节，我的父母都会邀请索格曼夫妇与我们共度佳节。对于这对没有儿女的夫妻来说，这样的邀请也许能带来些许安慰，但他们每次都婉言拒绝。尽管在小镇上生活多年，索格曼夫妇与人交往却极为有限，几乎无人知晓他们的私人生活。他们有自己的固定习惯，每年圣诞节的第三天，他们总是和镇上的牧师共进午餐。这位牧师是个单身汉，面容光洁而柔和，但眼神里总流露出徘徊和痛苦。他说话时偶尔会发出一声拖长的“噢”，目光仿佛最终定格在某个遥远的地方。私下里，我父母认为他是同性恋。无论如何，他在镇上就是那种人人都不太喜欢，只跟他保持友好的人。尽管出身于一个古老的神职家庭，他的声望并不高，工作能力平平，既不能胜任布道，也难以处理葬礼事务，更别提教育年轻人了。每次用餐时，除了偶尔冒出一句“噢”，他几乎不参与午餐桌上的任何话题。饭后，他会独自回到我父亲的办公室，静静地小憩，直到该回家的时候才起身离开。曾经有传言说，牧师年轻时是个快乐的人，念大学时还在宿舍弹班卓琴，打脱衣扑克。但这传言与他如今的形象简直判若两人。

他的牧职生涯最终因一桩丑闻而告终，随着时间的流逝，他也逐渐被小镇居民所遗忘。多年后，当我搬到奈斯特韦兹时，碰巧在街上遇见了他。他的眼神恍惚不定，扁平足步履蹒跚，仿佛在月球上漫步。他满头白发，胡须垂到胸前。我已有近三十年没有见过他，但我毫不怀疑那就是他。那时的他似乎已经病入膏肓。出于某种冲动，我跟上他，看到他走进了一栋红砖房，消失在一条僻静的小巷里。房子的门铃旁刻着他的名字，窗帘是深棕色的天鹅绒，半拉着，窗户是灰色的，仿佛是一个幽暗的仓鼠巢穴。

我住在奈斯特韦兹时，偶尔还能见到他，他的身影像一个模糊的幽灵，时而出现，时而消失。偶尔的某些日子，我能清楚地看见他的面庞。我曾想让他知道我的存在，试图唤起他对我们家乡的记忆，然而，我始终未能找到合适的机会。我怀疑，对他而言，过去的一切可能早已无关紧要了。

童年时，我的家乡有很多小商店。除了索格曼的书店，镇上还有两家肉店、两家面包房、四家杂货店、一家鞋店、一家袜店、一家花店、一家金匠店、一家烟草店、一家“塔图”超市以及一家“玛丽”服装店。镇上有一家油漆壁纸店，我曾在那里挑选过各式各样的壁纸，甚至买过模拟石材和瓷砖的壁纸。我还记得曾用旧鞋盒装过面包店的家具，那些微小的物件如今已变得模糊。镇上还有一家自行车店、一家木材店、一座加油站，以及一间专卖收音机的小店。园丁希欧特的温室弥漫着潮湿的霉味，长长的雾凳上摆满了嫩绿的幼苗，像是在等待生命破土而出。那儿还有一家糖果店、一间汽车修理铺，以及松恩小姐的裁缝店。松恩小姐患有甲状腺肿大，凸出的眼睛总让人无法忽视，但她灵巧的双手却能为人缝制出精致的衣物。理发师则每天穿着洁白的大褂，站在店门口盯着路人，但似乎从来没有人敢主动接近他。我们的镇子上总共住着一千多人。小时候，我总觉得这里像一座停滞的时钟，永远没有变化。每一天都是一成不变的重复，我时常在镇上走来走去，心情沉闷，内心满是离开的渴望。我盼着自己快点长大，期待有朝一日能够摆脱这个永远静止的地方。

有一种说法是，索格曼夫人非常慷慨，经常将店里一半的生意拱手让人。事实的确如此，我也曾收到过她赠送的小礼物，比如厚厚的紫罗兰色纸盒、香味扑鼻的香水信纸，以及一些封口胶已干的信封和小笔记本，这些都是她从仓库里整理出来的多余库存。年幼时，我特别喜欢找她买店里的东西，她是个身材娇小、虚弱却显得有些焦虑的女人，而她的丈夫索格曼则乐观开朗得多。

尽管和我们家有着多年的交情，索格曼夫妇从未邀请我们去他们家做客。他们晚上不出门，即便是在杂货店或超市里，也很难见到他们的身影。他们在书店楼上的公寓里做什么？没有人知晓，也没有人谈论。索格曼夫妇总是给人一种隐秘而疏远的感觉，仿佛他们的生活自成一体，不受世俗干扰。

索格曼夫妇到了退休的年纪，书店就关门了。我不知道他们是否想过把书店转让，因为那时我已离开了家乡，对家乡的变化并不太关注。只知道那栋红房子逐渐陷入寂静，绿色的遮光窗帘从房子里面拉下来，那里成为主街上一处孤独的角落。随着时光的流逝，曾经的商店一间间消失，只剩下布鲁森超市、一家小商店和一家二手店还在勉强维持。家乡迎来变化的同时，我也迎来了我人生的变化。

后来，我听说索格曼夫妇开始旅行，他们去了罗马和佛罗伦萨观赏文艺复兴时期的艺术品，去了维也纳的音乐厅听新年音乐会，甚至还游览了中国的长城。索格曼太太依然虚弱而纤细，而索格曼先生依旧保持着乐观与活力。人们可以在城市的街道上看见他们，两人总是手挽着手，形影不离，向遇见的人讲述他们的旅途见闻。

有一天，怪事发生了：索格曼夫妇通过我的父母邀请我一起去旅行。我们乘火车到卑尔根，然后再从那里坐船前往特隆赫姆。对于我这个年龄的人来说，他们的邀请显得有些不合时宜，尤其在那个时候，我刚刚结束了没有前途的学业，整个人充满了对未来的迷茫与怀疑。这个邀请让我措手不及，内心更多的是惊讶与疑惑。但最终，我还是接受了他们的邀请。某种冲动让我觉得，我应该去。

十天的旅行中，索格曼夫妇对我无微不至，成了我最好的旅伴。索格曼先生很勇敢，仿佛回到了我小时候认识的那个叔叔，让我叫他“帕勒”。而他的妻子依然温柔甜美，那双灰色的大眼睛宛如我们航行时看到的辽阔海面。他们的陪伴安全、温暖，充满乐趣、机智幽默，几乎让我忘却了焦虑。他们从未对我提出任何要求，似乎也并不关心我是否藏有秘密。甚至让我忽略了，他们或许也有自己的秘密。旅途中只有一次不和谐的插曲。那是在从卑尔根到哥本哈根的火车上，我们与一对德国老夫妇同行。那位丈夫不停地指着窗外，兴奋地告诉妻子他们路过的风景，讲述他们看到了什么。他们非常友好，热切地希望与我们交谈。然而，当他们试图与帕勒·索格曼交谈时，他却冷漠地拒绝了回应。车厢里的气氛瞬间变得紧张而尴尬。海勒试图安抚他的情绪，但无济于事。最后，我们不得不找了新的座位，避开了这令人不快的局面。

多年来，我们一直保持联系，但他们从未邀请我去过他们家做客。我参加了他们在邻镇一家餐馆举行的金婚纪念活动。那天的宴会热闹非凡，宾客中有许多老商人，他们大多已搬离此地，还有一些我从未见过的朋友。宴会以舞会结束，当帕勒·索格曼邀请我跳舞时，我们跳了一曲《机不可失，时不再来》。歌词响起时，他兴奋地喊道："太棒了！就是这样！我就是这样变老的。"

起初，我以为他的意思是，他一生中总是抓住每一个机会，就像许多人喜欢炫耀的那样。但帕勒·索格曼的解释却令我出乎意料，他笑着说："我从来没有抓住过机会，就因为这个，我把机会都存起来了！"

那次聚会之后，我再也没有见过他们。直到五年后的一个冬夜，妈妈打来电话，告诉我海勒·索格曼突然去世了，葬礼将在两天后举行。她问我能不能陪她一起去。

葬礼当天，母亲到车站接我，我们沿着小镇的老路，穿过那些熟悉却已斑驳的街巷，朝市中心的教堂走去。临近墓园大门时，她忽然停下脚步，低声对我说："有件事我要告诉你，待会儿你可能会在教堂里看到一个跟海勒·索格曼非常像的女士。她可能就坐在帕勒旁边。”听她这么说，我愣了一下，尤其是她用“帕勒”来称呼索格曼先生，这种亲密的称谓她从未使用过。然而我没多发表意见，只是疑惑地反问：“你什么意思？”

“海勒有个女儿。”

“什么？”

“她今年已经六十多岁了，还有一大群孙辈，甚至还有曾孙，她的曾孙也在里面。”

“你什么时候知道的？

“我也是昨晚才知道的。”母亲说。

“他们知道多久了？”我接着问。

“我希望他们一直知道。”她微笑着答道。

“你知道我什么意思。”

“我知道吗？”

“我的意思是，他们知道彼此存在多久了。”

“不太久，我猜只有大约十到十五年。”谈话就此结束。我们终于来到了教堂，其他参加葬礼的宾客也陆续到场，我们进入教堂。

帕勒·索格曼站在那里，已经显得非常老迈，他的脸颊瘦得像纸一样薄。我几乎不敢亲吻，只是轻轻地与他握了握手，然后和海勒的女儿也握了手。妈妈说得没错——她真的像极了海勒。那张脸，仿佛有人从海勒身上“偷走”了她的鼻子。她转头的动作恰好也是海勒一贯的姿态。她的笑容温暖而熟悉，就像海勒的微笑；她的眼睛，同样闪烁着那种明亮的光芒，甚至她握手的动作，也有着和海勒一样的坚定和温柔。她和帕勒之间存在一种微妙的谨慎与默契，仿佛是海勒留在他们之间的一丝纽带，带来了某种安慰。她的出现仿佛是海勒最后的温柔馈赠，使得我们所有人都在她的影子里找到了些许慰藉。

参加葬礼的人很多，棺木后面的地面上摆满了鲜花。葬礼气氛庄严肃穆，没有人说话，没有人在长椅上交头接耳，没有人伸长脖子寻找海勒不知名的孩子和她的，也没有人哗众取宠。除了海勒的孙辈、曾孙辈和我，出席的人大多已是暮年。人们仿佛已经知道，一生中有些秘密，往往无法用简单的言语或时间来解释清楚。

回想起来，多年前小镇曾举办过一次盛大的节庆，那是我们家乡唯一一次全镇参与的庆典，正好在商业大萧条之前。镇上的主街被封锁，街边摆满了咖啡桌，举办了一场各行各业的人都能参加的足球比赛。几乎所有人都来了，只有松恩小姐躲在她那没有窗帘的窗户后面，悄悄观望。而海勒·索格曼则以优雅、瘦弱、颤巍巍的姿态出现在比赛场边，担任裁判。她手里拿着一个黄色的小哨子，尽管她努力吹响它，但那声音却总是显得模糊微弱，直到比赛结束的那一刻，哨声才忽然清晰响亮，仿佛震动了整个小镇的屋顶。

园丁希欧特高声喊道："见鬼，海勒，你真让我们大开眼界！"

致 谢

感谢索罗学院图书馆和提供工作场所的安·福尔霍特。

感谢本尼迪克特·耶森、比尔特·梅尔高、夏洛特·沃特、金·斯温宁森和安妮·沃宁。

致尼尔斯。

“北欧文学译丛”已出版书目

（按出版顺序依次列出）

［挪威］《神秘》（克努特·汉姆生 著 石琴娥 译）

［丹麦］《慢性天真》（克劳斯·里夫比耶 著 王宇辰 于琦 译）

［瑞典］《屋顶上星光闪烁》（乔安娜·瑟戴尔 著 王梦达 译）

［丹麦］《关于同一个男人简单生活的想象》（海勒·海勒 著 郗旌辰 译）

［冰岛］《夜逝之时》（弗丽达·奥·西古尔达多蒂尔 著 张欣彧 译）

［丹麦］《短工》（汉斯·基尔克 著 周永铭 译）

［挪威］《在我焚毁之前》（高乌特·海伊沃尔 著 邹雯燕 译）

［丹麦］《童年的街道》（图凡·狄特莱夫森 著 周一云 译）

［挪威］《冰宫》（塔尔耶·韦索斯 著 张莹冰 译）

［丹麦］《国王之败》（约翰纳斯·威尔海姆·延森 著 京不特 译）

［瑞典］《把孩子抱回家》（希拉·瑙曼 著 徐昕 译）

［瑞典］《独自绽放》（奥萨·林德堡 著 王梦达 译）

［芬兰］《最后的旅程：芬兰短篇小说选集》（阿历克西斯·基维　明娜·康特 等著 余志远 译）

［丹麦］《第七带》（斯文·欧·麦森 著 郗旌辰 译）

［挪威］《神之子》（拉斯·彼得·斯维恩 著 邹雯燕 译）

［芬兰］《牧师的女儿》（尤哈尼·阿霍 著 倪晓京 译）

［瑞典］《幸运派尔的旅行》（奥古斯特·斯特林堡 著 张可 译）

［芬兰］《四道口》（汤米·基诺宁 著 李颖 王紫轩 覃芝榕 译）

［瑞典］《荨麻开花》（哈里·马丁松 著 斯文 石琴娥 译）

［丹麦］《露卡》（耶斯·克里斯汀·格鲁达尔 著 任智群 译）

［瑞典］《在遥远的礁岛链上》（奥古斯特·斯特林堡 著 王晔 译）

［挪威］《珍妮的春天》（西格里德·温塞特 著 张莹冰 译）

［瑞典］《萤火虫的爱情》（伊瓦尔·洛-约翰松 著 石琴娥 译）

［瑞典］《严肃的游戏》（雅尔玛尔·瑟德尔贝里 著 王晔 译）

［芬兰］《狼新娘》（艾诺·卡拉斯 著 倪晓京 冷聿涵 译）

［挪威］《天堂》（拉格纳·霍夫兰德 著 罗定蓉 译）

[芬兰]《他们不知道做什么》(尤西·瓦尔托宁 著 倪晓京 译)

[丹麦]《无人之境》(谢诗婷·索鲁普 著 思麦 译)

[挪威]《柳迪娅·厄内曼的孤独生活》(鲁南·克里斯蒂安森 著 李菁菁 译)

[瑞典]《大移民》(维尔海姆·莫贝格 著 王康 译)

[挪威]《我曾拥有那么多》(特露德·马斯坦 著 邹雯燕 译)

[芬兰]《七兄弟》(阿历克西斯·塞维 著 倪晓京 译)

[挪威]《挪威中短篇小说集》(比昂斯藤·比昂松 等著 石琴娥 余韬洁 等译)

[冰岛]《鱼的爱情》(斯泰诺恩·西古尔达多蒂尔 著 张欣彧 译)

[瑞典]《婚礼的烦忧》(斯蒂格·达格曼 著 王晔 译)

[丹麦]《给安妮的明信片》(伊达·耶森 著 周嘉媛 译)

图书在版编目（CIP）数据

给安妮的明信片 /（丹）伊达 · 耶森著；周嘉媛译.
北京：中国国际广播出版社，2025.5. --（北欧文学译丛）. -- ISBN 978-7-5078-5772-6

Ⅰ. I534.45

中国国家版本馆CIP数据核字第2025LH7315号

著作权合同登记号 01-2024-0091

© Ida Jessen, 2013. First Published by Gyldendal, Denmark.
Published by agreement with Lars Ringhof Agency ApS, Copenhagen, Denmark.
Simplified Chinese Translation Copyright©2025 by China International Radio Press Co., Ltd.
All rights reserved

DANISH ARTS FOUNDATION

给安妮的明信片

总 策 划	张宇清　田利平
策　　划	张娟平　凭　林
著　　者	［丹麦］伊达 · 耶森
译　　者	周嘉媛
责任编辑	筴学婧
校　　对	张　娜
封面设计	赵冰波

出版发行	中国国际广播出版社有限公司［010-89508207（传真）］
社　　址	北京市丰台区榴乡路88号石榴中心1号楼2001 邮编：100079
印　　刷	北京启航东方印刷有限公司

开　　本	880 × 1230　1/32
字　　数	130千字
印　　张	5.75
版　　次	2025 年 5 月　北京第一版
印　　次	2025 年 5 月　第一次印刷
定　　价	45.00元

版权所有　盗版必究